# A segunda vinda de Hilda Bustamante

Salomé Esper

# A segunda vinda de Hilda Bustamante

TRADUÇÃO
Sérgio Karam

**autêntica** contemporânea

Copyright © 2023 Salomé Esper
c/o Editorial Sigilo S.L.
c/o Indent Literary Agency LLC
Copyright desta edição © 2024 Autêntica Contemporânea

Título original: *La segunda venida de Hilda Bustamante*

Todos os direitos reservados pela Autêntica Editora Ltda.
Nenhuma parte desta publicação poderá ser reproduzida, seja
por meios mecânicos, eletrônicos, seja via cópia xerográfica,
sem a autorização prévia da Editora.

EDITORAS RESPONSÁVEIS
Ana Elisa Ribeiro
Rafaela Lamas

CAPA
Mariana Ruiz Johnson

DIAGRAMAÇÃO
Guilherme Fagundes

PREPARAÇÃO
Ana Elisa Ribeiro

REVISÃO
Marina Guedes

**Dados Internacionais de Catalogação na Publicação (CIP)**
**(Câmara Brasileira do Livro, SP, Brasil)**

Esper, Salomé
  A segunda vinda de Hilda Bustamante / Salomé Esper ; tradução Sérgio Karam. -- 1. ed. -- Belo Horizonte : Autêntica Contemporânea, 2024.

  Título original: La segunda venida de Hilda Bustamante

  ISBN 978-65-5928-434-4

  1. Ficção argentina I. Título.

24-209637                                                         CDD-Ar863

**Índices para catálogo sistemático:**
1. Ficção : Literatura argentina Ar863

Cibele Maria Dias - Bibliotecária - CRB-8/9427

A **AUTÊNTICA CONTEMPORÂNEA** É UMA EDITORA DO **GRUPO AUTÊNTICA**

**Belo Horizonte**
Rua Carlos Turner, 420
Silveira . 31140-520
Belo Horizonte . MG
Tel.: (55 31) 3465 4500

**São Paulo**
Av. Paulista, 2.073 . Conjunto Nacional
Horsa I . Sala 309 . Bela Vista
01311-940 . São Paulo . SP
Tel.: (55 11) 3034 4468

www.grupoautentica.com.br
SAC: atendimentoleitor@grupoautentica.com.br

*para Bel
e Natividad*

Hilda acordou com a boca cheia de vermes, a estranheza daqueles corpos moles mexendo-se entre seus dentes. Quis se sentar com uma fúria muito parecida com o nojo, mas bateu a cabeça em algo. Cuspiu. Cuspiu rápido, sentia-se confusa, até perceber a boca voltaria a ficar vazia. Estava escuro, não enxergava nada, teria caído da cama e rolado pelo chão no meio da noite? Teria esquecido de como se dorme depois dos setenta e nove anos? De onde saíram os vermes?

Mexeu os braços esperando encontrar um espaço amplo como o que imaginava haver debaixo de sua cama, porém suas mãos encontraram a resistência de um material desconhecido, uma espécie de parede muito fina, uma caixa muito grande.

Algumas vezes, quando pequena, Hilda acordava de uma sesta longa e pesada com a mesma confusão, não conseguia saber se recém entardecia ou se já era plena madrugada e havia perdido um dia inteiro, todas essas horas, toda essa perda. Apenas silêncio e quietude, não havia ruídos ou sinais de um mundo que ainda estivesse funcionando. Teriam todos morrido? Seus pais teriam morrido? Ela teria morrido? Lembrou-se disso agora, e então soube. Sem entender, sem poder explicar. Soube que tinha morrido. E pensou: há quanto tempo? Com a dúvida veio também a tristeza, mas afastou esse pensamento rapidamente, não podia ter sido há muito tempo: ela, agora, estava viva. Quanto tempo vive alguém assim? Quanto poderia viver? E como era isso de continuar viva? O que ela fazia ali se não fosse porque, sim, realmente, tinha morrido antes? Então o que fazia ela agora, com os olhos abertos, ainda sentindo aquele nojo na língua, tocando-se, apalpando-se, comprovando estar inteira? Sua língua estava intacta, o resto do corpo também, era ela inteira, como sempre havia sido, até o momento em que, sabe-se lá quando, a tinham guardado naquele caixão que agora começava a sufocá-la. Fazia muito calor.

Despertou a umidade de seu corpo quando moveu os lábios e engoliu saliva, preparando-se. Despertaram os músculos quando se lembrou do mundo lá fora. Despertou tudo o que faltava despertar no corpo de Hilda, e ela começou a golpear a madeira, sabia que ali em cima estaria a terra e também teria de atravessá-la, que tinha de se apressar, o calor era muito, mais que a tristeza, mais que as perguntas, algo dentro dela ardia.

Passaram-se quase três horas até Hilda Bustamante conseguir sair. Muito ou pouco, não foi o tempo que teve de golpear, pressionar, quebrar a matéria que antes a guardava, separar a terra em duas, desmentir um mau diagnóstico. Foi Hilda. Um punho para fora, um braço, o outro, o resto de seu corpo vivo, ela toda, cobriu os olhos por causa do sol, tão forte o sol. Já do lado de fora, por fim sacudiu rapidamente a terra das roupas, como se tivesse acabado de cair e se levantar, passou os dedos pelos cabelos olhando para os lados, como se esses gestos inocentes e mesmo elegantes pudessem apagar seu passado imediato, como se ainda não estivesse sentindo aquele ardor. E, sem querer pensar, pensou: e agora?

O sino da igreja começou a bater exatamente às seis e meia da tarde, era o primeiro chamado para a missa das sete. Alertado, Álvaro terminou o mate, guardou o pão, fechou o vidro de doce, limpou as migalhas da mesa com um pano velho e úmido que Hilda teria jogado fora há muito tempo, pôs um boné desbotado e, depois de ajustar a imagem de si mesmo aos setenta e nove anos que o espelho insistia em lhe devolver, saiu de casa. Tinha de buscar Amélia na escola.

Álvaro tinha cuidado dela desde que ela era bebê. Naquela época ele já se aposentara, Hilda andava para lá e para cá com as Devotas, porque a missa, porque a visita aos doentes, porque as coletas, e ele se entediava sozinho em casa. Um bebê lhe parecia algo muito curioso. Às vezes, lhe dava muito medo, um choro espontâneo sem origem conhecida, uma tossezinha que roubava o ar; noutras vezes, ficava quieto e maravilhado vendo nascer alguma expressão, algo que parecia um sorriso, uma tentativa de palavra. Como todos os dias, nessa sexta-feira Amélia iria lanchar em casa e ali esperar pela mãe. Ao voltar da escola, Álvaro tomaria mate de novo, escutando sem pausa ou qualquer relação de continuidade tudo o que tinha acontecido na escola. Tudo. Desde o bicho estranho encontrado na quadra até a briga diária com

Lucía, aquela coleguinha de Amélia com quem Álvaro não simpatizava. Amélia não se dava conta de que não era uma boa amiga, mas quem era ele para desfazer essa ilusão, e também para falar de amigos. Talvez Hilda pudesse ter falado, ela era das amigas, mas já fazia quase um ano que havia morrido.

Os primeiros momentos tinham sido muito difíceis, quis chorar aos gritos, rasgar alguma roupa, dormir até o ano seguinte. Mas era de se supor que essas coisas aconteciam, já estavam velhos, o que esperar? E o que esperar da vida depois de Hilda? Os outros apareciam dando qualquer desculpa e lhe perguntavam como ele estava, se precisava de algo, uma pergunta que nunca lhe haviam feito antes. Zelavam por ele, que se dava conta disso. As amigas de Hilda, as meninas das Devotas, apareciam uma vez por semana, às vezes para rezar, outras apenas para levar-lhe um pão caseiro, para perguntar quem poderia ajudá-las a consertar algo que havia estragado. Cada conversa era um malabarismo feito de pequenas informações: o pouco que sabiam a respeito dele, o muito que ele sabia sobre elas por causa de Hilda, naquelas tardes no quintal entre as plantas. Então ela passava a mão em cada galho, tirava os bichos e as partes secas das folhas, e ele, com o mate na mão, escutava como aquela begônia estava demorando a florescer, que Carmen tinha comprado uns folhados saborosíssimos quando a convidou para tomar chá, que já dava para colher o poejo, de como era curioso que Nora tivesse deixado de ser uma Devota para se transformar na tesoureira da igreja, que sentia falta dos vasos grandes que tinha antes, de como a cara de Susana mudava quando estava na missa, de como a samambaia que ganhara de presente de Clara tinha dado novos ramos, de como era preciso regar cada coisa a seu tempo porque nem todas precisavam do mesmo cuidado, às vezes só se precisava de uma coisa.

Apesar da vigilância e das boas intenções, Álvaro entrava lentamente em um torpor, pondo o corpo à espera de outro tempo em que os dois estivessem juntos de novo, sua Dita e ele. Mas Amélia, que, ela sim, tinha chorado aos gritos, não demorou muito a exigir o que lhe era próprio: que ele a buscasse na escola de bicicleta e seu lanche de todas as tardes. Álvaro se surpreendeu, achava que sem Hilda começaria a se distanciar da menina, não teria forças para fazê-la rir, não poderia abraçá-la como Hilda a abraçava, mas esqueceu a dúvida e a surpresa e pegou naquela mãozinha para ficar um pouco mais, já quase um ano.

Bem na altura da praça começava a segunda rodada de badaladas. Álvaro pedalava rumo à escola, era como uma coreografia apoiada no ritmo da fé de outra pessoa. Ele nunca teve certeza de acreditar em algo.

Eram três as rodadas de badaladas tocadas pelo sacristão e, mal começava a soar a terceira, ele saía correndo, com medo de que o impulso da corda o levasse às alturas e ele terminasse, entre zonzo e morto, no caminho para pedestres que separava a igreja da praça. O sacristão teria gostado de falar sobre esse medo com seu pai, para que este não o obrigasse a ir todos os dias, mas o pai sempre repetia a mesma coisa sobre cumprir o dever.

A primeira rodada de badaladas era para esquentar, a segunda para apressar e a terceira já para dar culpa, porque, mal terminava a reverberação do último repique, o sacristão já chegava ao altar e o padre adentrava o corredor como uma noiva a ponto de se casar. Hilda nunca tinha achado graça nessa brincadeira. Álvaro ainda ria ao se lembrar disso, rira a cada vez, apesar do cenho franzido de Hilda, apesar da repetição, ria agora na bicicleta. O padre se casar, imagine.

A praça era como um único grito verde, parecia que tinham limpado cada folha de cada árvore, ressaltando as cores, delineando as bordas. Os jardineiros iam uma vez por mês, em épocas normais, e uma vez por semana, em época de eleições. Esta era uma época normal.

A terceira rodada de sete badaladas começava exatamente quando Amélia subia no assento traseiro da bicicleta. Já tinha se agarrado fortemente à camisa de Álvaro, como um gato, deixando no tecido, como sempre, aquelas duas marcas estreladas de medo de cair. O padre já havia posto a batina. Álvaro começava a pedalar. O padre retocava os lábios e o rímel. Amélia pediu para ir à livraria para comprar uma borracha porque tinha perdido a sua mais uma vez. A sétima badalada os encontrou passando pela praça reluzentemente verde, "Parece a do meu conto, vovô", disse Amélia, e dentro do peito de Álvaro formaram-se duas marcas estreladas.

Amélia não era sua neta de verdade, embora vá saber o quanto de verdade existe nessas coisas. Comprariam a borracha, sim, mas depois do lanche, claro. Oitava badalada, ele nem percebeu. Nona, décima: uma sensação estranha, algo que não se encaixava, um milímetro afastado levemente de seu eixo, como quando a imagem da televisão não sincroniza perfeitamente e há uma aura que distancia o personagem dele mesmo. Chegaram em casa e com eles a badalada de número trinta. Ninguém havia contado, mas aí estava aquela sensação de incômodo, de excesso, isso já não era um chamado à missa, nem à culpa, nem a ver o padre atirando o buquê. Isso era outra coisa.

Tirou Amélia com cuidado da bicicleta e olhou para os dois lados da rua, mas não havia ninguém com quem pudesse trocar um olhar igualmente desconcertado. Seria alguma urgência, uma coleta, o festival em favor daquele menino do noticiário que precisava de um transplante? Mas já não o tinham operado, quando de repente chegou o órgão? Do que é mesmo que ele precisava, de um pulmão, de um esôfago? Pode-se operar um esôfago? Se de repente estou aqui, digamos, na porta de minha casa, e alguém atira um bumerangue de algum quintal próximo e me atinge no esôfago, pensava Álvaro, botando a mão ali onde achava que estava o esôfago… "Por que não entramos?", a voz de Amélia quebrou seu pensamento, agarrando o bumerangue em pleno ar. Álvaro apressou-se em procurar a chave. No exato momento em que entravam em casa, o som das badaladas parou, o milímetro desviado voltou completamente ao personagem, o silêncio ao ar. A mochila já estava no chão e Amélia sentou na poltrona sorrindo, ao mesmo tempo tão neta e tão pouco neta. Ele também sorriu.

Ligou a televisão enquanto colocava a chaleira no fogo, ouvindo atentamente como começava o relato do que havia acontecido aquele dia na escola, quando de repente Amélia interrompeu seu monólogo e, apontando um dedo em direção à tevê, com visível cara de espanto, disse: "Mamãe Hilda está na tevê, vovô".

E ali estava Hilda, ao vivo, sentada no campanário da igreja, passando o dorso de sua mão morta sobre sua testa morta, secando um suor repentinamente vivo. A câmera do canal local, que parecia ir até ela, deteve subitamente sua aproximação desfocada quando ela se virou e a viu, o viu, os viu. Sorriu num plano americano meio turvo e esticou com força o braço para baixo, para puxar outra vez a corda. A primeira badalada da quarta rodada foi a que fez estourar todas as vidraças da cidade.

Estouradas as vidraças, as pessoas passaram de uma imobilidade pasma a um olhar fixo em direção às centenas de estilhaços espalhados a seus pés. Algumas arrancavam os fragmentos que tinham saltado brutalmente num braço ou numa perna, outras saíram à rua esperando ver sua desgraça refletida na de algum vizinho.

Álvaro ainda estava curvado sobre Amélia, ao mesmo tempo como um escudo e como um arco humano. O que Amélia tinha falado? Algo sobre Hilda? E o que estava acontecendo? A janela quebrada, Amélia chorando a todo volume, mais os barulhos do lado de fora, ele mal conseguia pensar. "Pronto, pronto, menina, você se machucou?" Amélia negou com a cabeça, agora acompanhando o choro com soluços. Olhou outra vez para a tevê, lembrando-se de mamãe Hilda, e nesse momento o medo pelo estouro dos vidros, que se multiplicava num eco por toda a cidade, esse medo incômodo e sem informação, transformou-se em horror, em um horror que no entanto era familiar, e portanto mais frio, e portanto mais difícil de ser gritado, como aqueles pesadelos do ano passado nos quais sonhava que já tinha acordado, se espreguiçava um pouco, procurava seu bicho de pelúcia no meio dos lençóis e, em seu lugar, encontrava uma mão longa e ossuda, sem corpo, com os dedos dobrados e rígidos, mas que, ao vê-la, se abria rápida e totalmente. Amélia gritava, mas a voz não saía. Amélia podia ver a mão sem corpo e sabia que essa mão a via mesmo sem olhos, sabia que essa mão ria mesmo sem boca, sabia que tinha de sair imediatamente dali, mas, além de um grito mudo atravessado na garganta, ocorria-lhe então uma ideia insuportável: e se aquela mão pudesse correr atrás dela, mesmo sem pernas?

A última badalada deixara todos varrendo os vidros, limpando as feridas. Hilda sempre quis ter essa força, erguer um móvel sozinha, atirar o corpo de Genaro contra a parede dos fundos e que nunca nunca nunca Álvaro os tivesse encontrado, nem que seu coração tivesse se partido. Cada badalada era também esse amor pulsando, pedindo perdão, não por ter se deitado com Genaro, isso tinha uma finalidade nobre e não se punha em dúvida, mas por metê-lo dentro de casa, na casa deles dois, a casa que compraram com tanto entusiasmo e com dois quartos, um para eles e outro para as crianças.

Não sabia o que fazer agora. Aquilo do campanário não tinha sido planejado, foi apenas uma tentação. Havia pequenas coisas que sempre quisera fazer na igreja, mas padre Roberto parecia pressentir aquele desejo e acabava por atribuir a tarefa ou a autorização a outra pessoa. Hilda intuía que naquilo havia algo de ensinamento, mas quando chegou nesse dia à igreja, nesse dia depois de sabe-se lá quantos outros dias, ainda com terra dentro dos sapatos e com sujeira grudada na testa, buscando alguma orientação, procurando alguém que lhe dissesse o que estava acontecendo, alguém que não fosse Álvaro, porque como poderia se apresentar assim diante dele, sem saber bem que aparência tinha porque não havia passado diante de nenhum espelho e escolhera a rua com menos lojas, deu-se conta mais tarde, para evitar não apenas as pessoas mas também o reflexo nas vitrines, porque talvez fosse uma morta-viva como as daqueles filmes pavorosos, talvez visse as pessoas e tivesse um desejo incontrolável de mordê-las. Não sabia o que mais podia acontecer, nunca chegava ao final desses filmes, se cansava antes, achava-os absurdos. Por um breve momento pensou em correr para a casa de alguma de suas amigas, mas, ao imaginar o instante em que batesse em suas portas e do outro lado aparecesse Carmen, ou Susana, ou Clara, não podia deixar também de imaginar essas mesmas caras em seu velório, e a dor era tão forte que quase ardia, não, agora não queria, agora não podia pensar nisso.

Não era uma opção chegar desse jeito diante delas nem diante de Álvaro. Além disso, tinha ouvido os sinos antes de suas próprias badaladas e sabia, portanto, que era a hora de buscar Amélia na escola, com certeza estavam chegando em casa, talvez Amélia se assustasse, com o tanto que a pobrezinha era medrosa. Ela gostaria de dizer que o coração batia com força, mas era todo o seu corpo a pulsar, indistinguível o epicentro, esmagador o golpe, uma pulsação que ela ainda não sabia se era real. Como podia bater assim depois de ter sido enterrada? Teria pulsado esse tempo todo, bem baixinho, para que se mantivesse viva? Teria um dia pulsado de modo tão repentino e forte que a fez despertar? Isso acontecia sempre? Com quantas outras pessoas isso tinha acontecido? Haveria muitos outros vivos enterrados sem poder sair? Haveria muitos mortos que estavam vivos? A única coisa certa era que ela inteira pulsava, talvez por força de todas aquelas perguntas, enquanto se aproximava sigilosamente da igreja, evitando as ruas mais movimentadas, fazendo um longo desvio para não passar na frente da escola. Ela transbordava de emoção. Já não era uma morta-viva, mas uma espiá entrando em silêncio pela porta lateral da sacristia e encontrando padre Roberto com as mãos nos peitos de Nora, agarrados, beijando-se profundamente, sem vermes na boca.

Parecia que aquele beijo não ia terminar nunca. Hilda aproveitou o momento para aplacar sua agitação. Quando, afinal, cada boca voltou ao respectivo corpo, o padre ainda com as mãos debaixo da blusa dela, Nora olhou em direção à porta e começou a gritar, totalmente horrorizada. A cena era devastadora, não era alguém olhando para eles, não era alguém simplesmente, era Hilda, Hilda que tinha morrido, Hilda que tinha morrido e estava ali parada, Hilda que tinha morrido e estava ali parada impassível com cara de quem sabe. Hilda se perguntava se o grito seria por ter visto um morto ou por ter sido descoberta. Sem saber a resposta, algo a alegrava: eles a enxergavam, ela não era uma alma sem corpo, a terra que lhe causava coceira se assentava em carne real e visível, ali estava Nora como testemunha, agora jogada no chão, gritando, ali estava o padre, mexendo a boca sem dizer nada, dobrando o corpo e esbarrando em tudo. Padre Roberto abriu com tanta rapidez a gaveta da escrivaninha que ela acabou saindo inteira, voaram as chaves que ele procurava, os papéis, os santinhos, ele também caiu seguindo aquele impulso e, em sua queda, tocou na perna de Nora, que o olhou nos olhos e gritou ainda mais forte, sem se mexer, ele pegou as chaves e saiu correndo pela porta que dava para o interior da igreja, enquanto acabava de soar a última badalada da terceira rodada. Hilda sorriu pensando no vestido de noiva, no véu erguido pela velocidade com que o padre corria. Nora a viu sorrir e gritou num volume ainda mais alto, amanhã essa garganta estaria destruída. Hilda soube então que era dona de um imenso poder. Olhou diretamente para a escada que levava ao campanário e correu até lá em cima a toda velocidade.

O canal local estava transmitindo ao vivo uma entrevista sobre os reparos da praça central. A transmissão teria sido encerrada imediatamente para voltar ao estúdio, mas a fita com a matéria que iria ao ar em seguida travou no videocassete e José, produtor, acionista e diretor do canal, fez um sinal para o apresentador do noticiário, pedindo que preenchesse aquele tempo. O apresentador amava ficar diante das câmeras, mas não gostava de improvisar, e passou a batuta de volta para o jornalista que estava na praça, Alberto Giusti, principal e único repórter polivalente, locutor da rádio FM Silêncio e animador de bailes, amante, ele sim, da improvisação. Lucas, o cinegrafista, recém-formado pela escola de cinema da capital, filho pródigo da cidade e de José, tinha aceitado aquele trabalho "muito abaixo de sua capacidade" para que o pai deixasse de falar o tempo inteiro que o filho estava em dívida com ele. Distraído pela falação francamente entediante de Alberto – porque, sério, por quanto tempo mais dava para ficar falando sobre aqueles consertos? –, Lucas deu início à visão panorâmica de rigor, indo das árvores podadas até a avenida e de volta à praça, passando pela esquina da igreja. Alberto já estava ajeitando o topete, à espera da volta da câmera, mas Lucas não se virava, estava completamente atordoado e arrebatado pelo som dos sinos, que repicavam sem parar já havia algum tempo. Começou a aproximar a imagem num zoom agonizante que lhe valeu o olhar de desprezo do apresentador e o gesto de frustração e raiva de José – porque, sério, era isso que tinha aprendido em tantos anos de estudo e investimento? Foi então que a câmera chegou o mais perto possível do sino e da mulher que o fazia soar encurvando o corpo inteiro, subindo e descendo os braços com um ímpeto hipnótico, como se quisesse não apenas que soasse o mais forte possível, mas também que descesse, que desabasse inteiro daquele campanário e que ela ficasse em seu lugar, despenteada, desfocada, rindo, triunfante e, nesse momento, nesse exato momento, da outra sala do canal, a fita por fim entrou no ar com as notícias sobre a última partida do time local, perderam outra vez.

Naquele dia não houve missa. As vinte ou trinta pessoas que estavam na igreja tinham visto o padre passar apressado pelo corredor principal, com o rosto desfigurado. Perplexos, não conseguiram nem fechar a boca quando ouviram um carro arrancando no estacionamento ao lado e ao mesmo tempo o som das badaladas que começava outra vez, uma após a outra, sem parar. Já não eram badaladas demais? Em meio a essa confusão sem palavras, a esse atordoamento, só conseguiram pensar em escapar dali quando os vitrais se quebraram, e saíram correndo com medo de que alguma passagem da crucificação se incrustasse como espinhas em sua própria pele.

O padre já estava a trinta quilômetros da cidade quando Hilda levantou a mão e bateu à porta de sua própria casa. Quem abriu foi Amélia.

— Vovô, mamãe Hilda está aqui.

Eles se olharam como se não existisse nada mais ao redor. Depois desse momento, tudo foi mais ou menos parecido com a história de qualquer outra relação amorosa sobre a face da Terra: encontros, promessas, desencontros, compromissos, entusiasmos breves, tristezas, brigas, tristezas mais agudas. Mas esse primeiro momento de magia existiu e a ele retornavam os dois, mais ela do que ele, que era mais amigo do presente, cada vez que a dor a esvaziava. Quando se conheceram, ela tinha trinta e dois anos; e ele, trinta e um. Hilda tinha chegado com a comitiva que visitava o local de trabalho de Álvaro. Havia dez anos que ele trabalhava como operário na fábrica local, ela se encarregava dos arquivos dos empregados na sede, que ficava em outra cidade. Hilda não tinha muito a ver com essa viagem, mas os chefes perceberam nela um certo tom neutralizador das más notícias que às vezes tinham de dar. Os companheiros de Álvaro estavam mais indignados com ele do que com o anúncio. Por que esse sorriso se estavam falando em cortes nas equipes de segurança? E se houvesse outra explosão como aquela de tanto tempo atrás? Onde estava seu senso de realidade? Não estava ali, claramente. Álvaro já imaginava uma vida com a senhorita Bustamante, não conseguia deixar de olhar para ela enquanto ela tomava notas na reunião e alguém, ao fundo, falava sobre algum tipo de esforço em nome do bem comum. Na lembrança de Álvaro, foi sempre essa a ordem do carinho entre os dois. Nunca soube que Hilda o tinha visto antes, mal entrara na fábrica. Que, por continuar a olhar para ele, tinha perdido a elegância ao tropeçar rumo ao escritório, ao passar pela sala de máquinas. Que, enquanto fingia tomar notas, ficara a ler seus arquivos para saber se era solteiro, que não pôde deixar de sorrir minimamente quando confirmou isso e ele já estava olhando para ela, que ela quis dissimular, assumindo outra expressão, mas esqueceu de parar de sorrir, e ele também sorriu. As coisas mágicas também podem ser um pouco torpes. Isso de ter prestado atenção nele antes era uma das coisas que Hilda jamais contaria, que eram só dela. O almoço de integração do dia seguinte foi a desculpa para que se sentassem juntos, ajudados pelos outros, que já tinham perdoado a falta de espírito sindical de Álvaro. Foi a primeira de todas as conversas.

Casaram-se um ano e meio depois e se mudaram no mesmo dia. Hilda tinha largado seu trabalho sem maiores arrependimentos e esperava encontrar nesse novo lugar aquilo que não tivera antes. A festa de casamento não passou de um almoço num restaurante: não houve festa. Não tinham dinheiro, nem família com dinheiro, pelo contrário, eram soltos, como dizia Hilda, soltos de suas famílias. Álvaro era o último de sua linhagem, o mais novo e o único homem de uma extensa família que começava com quatro irmãs. Hilda era a filha única de pais já falecidos, um pêndulo a oscilar sem centro. Da parte de Hilda, foram ao restaurante: uma amiga da outra cidade, com o esposo e dois filhos pequenos, que não voltaria a ver a partir daquele dia. Da parte de Álvaro: as quatro irmãs sem acompanhantes; os pais, muito velhos, já não saíam de casa. Todas se casaram e tiveram filhos, mas não dividiam essa parte de suas vidas com Álvaro, diante dele cada uma delas era sua mãe, quatro mães de alturas diferentes e de distintos nomes, desapontadas porque Hilda já era uma mulher "passada", "difícil de segurar", como diziam quando Álvaro não estava por perto. E é verdade que quase nunca estava por perto. Álvaro tinha um temperamento muito diferente, uma calma que ia na contramão dos olhares e das faces tensas das irmãs, talvez essa irritação venha com os filhos, pensava, e se imaginava irritado diante dos filhos também imaginários e sorria e punha os olhos mais uma vez em outra coisa mais distante, a mão no guidom. Andava de bicicleta, essa era outra coisa que as incomodava, como assim um homem de sua idade andando de bicicleta?, nessa idade já deveria ter um carro cheio de filhos, não uma bicicleta, uma bicicleta é para um homem sozinho, um homem sozinho que não tem a quem transportar e que come apenas o que consegue carregar numa sacola pendurada no guidom, uma lata de atum, uma lata de cerveja, pão. Se Hilda estava se casando com ele, com certeza tinha o mesmo olhar pobre em relação ao futuro, como ia se casar com um homem que andava de bicicleta?, certamente estava escondendo alguma coisa errada e isso a tornava pior do que ele, no mínimo tinha acabado de sair de alguma história turbulenta, quando muito era uma mulher infantilizada.

Mas nem Hilda era uma mulher infantilizada com um passado sombrio nem Álvaro um bebedor de cerveja sem plano algum. E havia aquele momento, torpe, de magia.

Terminada a refeição, o flamejante casal foi para a casa nova. Já tinham levado os móveis e pintado as paredes. Sobre a mesa da cozinha, uma toalha de plástico que imitava tecido. Na parede, um porta-chaves de madeira com um pequeno espelho retangular deixava refletir apenas os olhos dos recém-chegados. Do teto pendia uma luminária transparente, com flores talhadas no vidro. Andando pelo corredor, achava-se o banheiro com azulejos de um bege discreto e pequenas flores brancas. Mais adiante, um em frente ao outro, os dois quartos: o deles e o das crianças, duas crianças, Camila e José, os ocupantes do banco traseiro do carro que viria com eles antes de saber que, na verdade, não, que não chegariam, nem eles nem o carro, que Hilda não era capaz disso e o havia enganado com falsas promessas, como diziam as quatro irmãs.

Eles se olharam como se não existisse nada mais ao redor. Depois desse momento, tudo foi mais ou menos parecido com a história de qualquer outra relação amorosa sobre a face da Terra: encontros, promessas, desencontros, compromissos, entusiasmos breves, tristezas, brigas, tristezas mais agudas, morte, enterro, desenterro, correr até a igreja, pendurar-se no campanário, fazer estourar as vidraças de toda a cidade mesmo sem saber e bater à porta com a determinação de uma pessoa que não sabe se está morta ou se está viva, mas que sente saudade e não tem para onde ir. Amélia abriu a porta e disse:

— Vovô…

Álvaro apareceu atrás dela, no corredor, para ver quem era, e a viu. Caminhou até a porta sem errar: um pé depois do outro, foram muitos os anos em que exercitou seus sentidos para responder à imagem de Hilda, ao cheiro de Hilda, à pele de Hilda. Eles se olharam como se não existisse nada mais ao redor. Álvaro chegou à porta. Havia outra coisa a fazer nesse momento que não fosse dar um abraço? Não sabiam. Foram em direção um do outro, do jeito que sempre tinha sido. Um abraço de reencontro, por terem sentido tanta falta um do outro. Álvaro a abraçou com mais força porque tinha sentido tanta tanta falta dela e então, sem soltá-la, abriu os olhos que até aquele momento estavam fechados e apertados de tanto tanto amor, porque se lembrou.

Não quis se mover nem um milímetro daquele amor reencontrado, não quis reconhecer o medo naquela agitação dentro do corpo, tentou se convencer de que era apenas surpresa, é uma surpresa, nada além disso, não entender o que está acontecendo, será que Hilda entendia? Será que ela podia perceber aquele terror estúpido que de repente chegava para alertá-lo de que Hilda havia morrido, justamente ele, que a encontrara sem vida quase um ano atrás, justamente ele, que quase não conseguira continuar vivo depois, sem ela? Alertá-lo sobre o quê, afinal?

Álvaro ficou três minutos inteiros mantendo o corpo na mesma e exata posição, uma ligeira inclinação, a proximidade, a pressão de seus braços sobre as costas de Hilda, a cabeça apoiada contra a dela, o amor e o terror e os olhos abertos. Não ia se mexer por conta daquele medo estúpido, por conta daquele não entender que seguia repuxando seus músculos para alertá-lo. Ela não era nenhuma especialista, mas sabia o que estava acontecendo havia um pouco mais de tempo do que ele e o afastou de si com delicadeza. Intuía que Álvaro, mais cedo ou mais tarde, entraria em pânico, não seria normal que não o fizesse. E sabia também que tinham de fazer alguma coisa com Amélia, parada ao lado deles com a boca aberta e uma poça de xixi nos pés.

Hilda se agachou para tocar com as mãos o rosto de Amélia. "Como você está grande, lindinha, mas não precisa fazer xixi. Você se assustou? Sou eu, lembra de mim? Não precisa se assustar." E isso valia para os dois.

Amélia negou com a cabeça, claramente mentindo, mas não queria ter medo, e isso era verdade.

"Vamos trocar sua roupa porque você não pode ficar assim", disse Hilda e estendeu-lhe a mão. Amélia olhou para a mão, olhou para Hilda, olhou para a mão outra vez. Álvaro nem piscava acompanhando a cena, aproveitando aquela pausa que o colocava um pouco entre parênteses para olhar com mais intensidade. "Você está com as unhas sujas, mamãe Hilda." Hilda sorriu, Amélia sorriu, Álvaro continuava sem piscar. "Então nós duas temos de nos limpar direito." E andaram pelo corredor até o banheiro, como se não tivesse se passado um ano nem tivesse acontecido a morte, e do banheiro dava para ouvir que Amélia contava a Hilda sobre os vidros e que era *isso* o que a tinha assustado, e não outra coisa, e, quase sem pausa entre um assunto e outro, que Lucía lhe dissera que podiam brincar juntas com uma boneca nova, mas depois, no recreio, ela a emprestara a todas as outras meninas e a Amélia não. Pela primeira vez, Álvaro invejou Amélia, sua desenvoltura metafísica, seu discurso sem limites, a imperiosa necessidade de falar antes de entender, seu amor sem perguntas.

Ele mesmo começava a se perguntar, em meio a toda aquela emoção, se seu amor não era tão incondicional como pensara, e então Hilda o chamou pelo nome para perguntar onde estava a muda de roupa de emergência para Amélia que guardavam em casa, e nesse momento, ao escutá-la, ao escutar-se naquela voz, encontrou-se em seu próprio nome como havia tempos não se encontrava, e seu corpo voltou ao seu corpo, letra por letra, sem saber que antes havia partido. Fechou a porta de casa e foi procurar a roupa.

O que se sabia até agora era: a missa não chegou a começar por causa do estouro dos vidros, quando quiseram procurar pelo padre, ele já não estava, alguns o tinham visto sair correndo, procuraram-no em tudo que é lugar, Nora, a tesoureira, seguia em estado de choque, chorou tanto que sua pressão baixou e a polícia não quis lhe perguntar mais nada, a polícia estava sem saber o que fazer, primeiro pensaram que só os vitrais da igreja é que tinham se quebrado, até que todo mundo começou a ligar para a delegacia e perguntar o que estava acontecendo, interrogaram o repórter e o cinegrafista do canal de tevê como se eles fossem os culpados, tinham de ter visto algo, já que estavam tão perto, o dono do canal ficou sabendo e foi falar com o delegado Galíndez porque "ninguém trata assim" o filho dele, sobre o repórter não falou nada, o delegado não repreendeu ninguém, apenas esperou que o dono do canal fosse embora e, assim que ele passou pela porta, apressou-se em chamar seus agentes e, acotovelado na mesa da recepção, perguntou-lhes o que sabiam de novo, se era verdade o que tinha escutado, que o padre fugira porque era meio sinistro, os agentes se entreolharam, não sabiam de nada, Zurita não estava muito certo quanto ao significado de "sinistro", Hernández mais preocupado porque o filho estava se preparando para a primeira comunhão e sua mulher lhe dissera que havia alguma coisa de estranha no padre e ele como sempre disse a ela "o que ele pode ter de estranho, como você inventa", e insistiu com o filho para que fosse todos os dias à igreja para cumprir com seus deveres de sacristão, agora o que iria lhe dizer, pior, o que teria de lhe perguntar, tudo isso lhe veio à cabeça em um segundo enquanto o delegado o olhava à espera de uma resposta, "não, nada, as pessoas estão mais preocupadas com o lance dos vidros do que com a história do padre", falou em tom profissional Zurita, o policial mais baixinho de toda a seccional. "O que estão falando na fábrica?" "Na fábrica não aconteceu nada porque lá eles não têm vidros, têm janelas bem altas com grades, para ventilar, mas não têm vidros." "Não estou perguntando se algo se quebrou na fábrica, estou perguntando se não aconteceu alguma outra coisa ali, sei lá, uma explosão, algum trabalho que deu merda, como naquela vez com Cachito." "Não, chefe, não, não, nada a ver com o lance do Cachito, não aconteceu nada, estava tudo normal." "E agora, o que vamos dizer? Com certeza vai vir alguém do canal perguntar, precisamos estar à frente deles. Se você os encontrar, Hernández, diga a eles que estamos investigando, mas que se não houver uma denúncia contra alguém, não podemos fazer nada, é esse o protocolo", mas Hernández estava pálido, murmurando algo ininteligível. Zurita imediatamente se deu conta da oportunidade e se ofereceu para falar no lugar do outro. O chefe olhou para baixo, como se Zurita medisse ainda menos do que media, e lhe disse: "Bem…".

Quase um ano sem se ver. Amélia brincava na banheira e os dois foram de mãos dadas até o sofá, dali poderiam escutá-la, com a porta do banheiro aberta, o clima era agradável, a pequena barreira formada pelas serras sempre preservava um pouco mais o calor da tarde.

Álvaro tinha sentido o tempo sem Hilda duas vezes, três vezes, quatro vezes mais arrastado, cada dia como um mês, cada mês como um ano, mas só agora, com Hilda ao seu lado, é que se dava conta do peso que carregara. Sentados, com as mãos juntas, umas sobre as outras, Álvaro atravessou de novo todo aquele tempo ao perguntar:

— O que aconteceu, Hildinha?

Hilda baixou os olhos e levantou os ombros, encurvando-se como se toda ela fosse um ponto de interrogação.

— Não sei. Abri os olhos e estava lá.

Os olhos de Álvaro se encheram de lágrimas, de culpa, ele a tinha enterrado viva?, a ela, ao amor de sua vida, a quem jurou, depois da história de Genaro, cuidar mais do que de qualquer outra coisa? Quarenta e seis anos de casados não eram suficientes para saber dizer se sua mulher estava viva ou morta?

Hilda voltou a olhar para ele.

— Estava com a boca cheia de vermes — disse, com uma expressão de nojo que Álvaro instantaneamente imitou.

– O que você fez com os vermes?

– Eu os cuspi, o que iria fazer?

Álvaro riu, do nada, e o riso se transformou numa careta estranha quando ele se deu conta de que talvez não fosse adequado rir daquilo. Hilda imitou sua careta no mesmo instante. Esse era o tipo de coisa que as irmãs de Álvaro odiavam.

– E como você saiu de lá?

– Quando me dei conta de que era terra mesmo, pelo cheiro, pelos vermes, porque se desmanchava como terra, comecei a me desesperar. Ia gritar, mas aí pensei nos vermes. Fiquei com medo de que se enfiassem de novo em minha boca, era estranho, meu velho, por que ia ter vermes? Eu não podia saber, como ia saber. Me virei para que não entrasse mais nada em minha boca e comecei a fazer força com as costas, para cima, aí a madeira cedeu um pouco, escutei o barulho, me virei e comecei a fazer força com os braços. Agora me dói tudo, quando estava correndo nem sentia.

– Quando estava correndo para vir aqui?

Hilda sentiu um calor batendo no peito e a respiração suspensa por um momento.

– Sim – disse.

Cento e quarenta e quatro quilômetros depois, padre Roberto começou a diminuir a velocidade, de fuga para de passeio. Fazia muito tempo que não passeava. Em sua família, passear não era algo que costumavam fazer, só tinham saído uma vez, quando a irmã de sua mãe chegou de outro país. Foram até o rio da cidadezinha ao lado, onde de fato havia um rio e um gramado e as pessoas podiam se sentar como se a natureza fosse uma amiga a mais. Haviam preparado um piquenique como os das revistas: toalha no chão, garrafas de vidro de Coca-Cola, pão e frios. Seu pai estava visivelmente desconfortável com toda aquela informalidade, parecia que explodiria dentro da própria roupa, manteve o semblante sério durante toda a tarde e só falou quando a tia lhe perguntou sobre o famoso acidente da fábrica. Então ele começou a contar aquela história com datas e detalhes cada vez mais precisos, mas com o tom habitual de preferir estar em qualquer outro lugar, menos enfiado naquela conversa, quando o relato chegou ao dia de que todos se lembravam – sempre de maneira distinta, sempre com outros protagonistas – alguma coisa aconteceu: seus olhos se acenderam, sua pele se retesou onde antes estava meio caída e despencou onde antes parecia o busto de algum prócer desconhecido. Robertinho percebeu a mudança, e aquilo, ali, era uma aurora boreal: o pai demonstrando uma emoção, o pai interessado em algo, o pai comovido. O que não teria dado para prolongar aquele momento por toda a vida, teria dado tudo, a coleção de revistas, a garrafa gelada de Coca-Cola. Quando chegou o momento de relatar o lamentável erro de Cachito e a explosão, seu pai ficou olhando fixamente para a garrafa que ele tinha na mão, essa que estava a ponto de ofertar para que a vida que de repente fora insuflada no homem ficasse ali para sempre, por favor – muito tempo depois, soube que aquela fora sua primeira prece – mas aí, repentinamente, a dureza impenetrável do prócer retornou e a história terminou com a injusta concisão de uma frase: "Era um bom sujeito aquele Cachito", disse. A emoção tinha ido embora, abandonando totalmente aquele corpo desconfortável ao lado do rio. Quando ergueu os olhos da garrafa em direção aos olhos do filho, não era tristeza o que havia ali, era o desprezo de sempre.

A confirmação de que não poderiam ter filhos não foi tão dura quanto imaginaram que seria: um frio gelado percorrendo a espinha, a sensação de que todos os ossos do corpo se desfaziam de sua firmeza. Não. Foi suave, foi, inclusive, reconfortante. Não era mais preciso esperar, não era mais preciso iludir-se de novo, não era mais preciso continuar a viver somente no futuro. Naquele dia, voltaram do médico num táxi, cada um olhando por sua janela, as mãos juntas sobre o banco e o silêncio. Quando entraram em casa, parecia que os móveis haviam recuperado uma espessura anterior, que as coisas falavam com eles, mas não como quem fala pela primeira vez, e sim como alguém que recuperou a possibilidade de falar. Até aquele momento, tudo havia sido como prender o ar no peito um pouco mais do que o usual, esperando um golpe ou um milagre. O milagre não tinha onde acontecer e saltou aquela casa, de teto em teto, até sabe-se lá onde. O golpe vinha anunciado, e assim não foi tão forte, foi perdendo força com a suspeita, amenizado pelas paredes, abandonado em cada metro percorrido pelo táxi.

Naquele dia, Álvaro decidiu pintar o quarto desocupado em frente ao seu, sempre à espera, pintou-o de um laranja vivo que parecia brilhar, pôs ali a máquina de costura de Hilda, ao lado da janela para que tivesse mais luz, mais ar. Teria preferido levar mais coisas, mas não tinham tantas, preencher cada vazio, pôr ali o mundo inteiro, fazer daquele quarto um altar para Hilda.

A história com Genaro aconteceu pouco tempo antes. Naquele momento, Hilda estava convencida de que era uma grande ideia, regozijava-se com a própria lucidez. O plano não tinha falhas, justamente porque era um plano, e não um mero impulso. Era a maneira de conseguir que Álvaro ficasse tranquilo e que por fim começasse a existir aquela família mais numerosa com que sonhavam.

Genaro tinha a mesma idade de Álvaro. Era mais corpulento, mais forte, de voz mais grave, de risada forte, de olhar para Hilda profundamente e sem disfarçar. Não era um sujeito asqueroso, é preciso dizê-lo, não ficava olhando para todas as mulheres, Hilda detinha a exclusividade de sua atenção desde o primeiro momento em que a viu. Naquele dia, tomando um café em frente à praça, perto de seu escritório, pensou que afinal alguém despertava nele um verdadeiro interesse, nunca a tinha visto antes, ela caminhava sozinha, como se estivesse conhecendo o lugar e, em seguida, viu Álvaro dar uns passos apressados até alcançá-la e pegar sua mão sorrindo. A mulher respondeu a ele com o mesmo sorriso e ele então se soube derrotado. Como a esperança podia ser tão fugaz! Chegou a se apresentar a ela em alguma ocasião, a trocar algumas palavras, sempre rodeados de mais gente, mas nunca tentou uma aproximação verdadeira, apesar de que o efeito daquela primeira vez não passava, por alguma razão permanecia, cada vez que a via de novo, o espanto absurdo, a mente nublada, o olhar funcionando como único sentido, sabia que ela era casada, que não cederia aos encantos dele se ele tentasse exibi-los. Quais seriam os encantos de Álvaro, o que ele poderia ter feito?, perguntava-se a cada vez que os via juntos. Apesar da insistência de seus pais e tias, e tios e primos, e primas e até de sobrinhos, Genaro não queria se casar. Eles lhe diziam que qualquer mulher ficaria feliz de se casar com um advogado, decente, respeitado, bonitão. Ele dizia que não estava interessado em ninguém. Claro que ele frequentava algumas senhoritas, mas logo se entediava, preferia mergulhar no trabalho, esperar. Hilda percebera o olhar de Genaro, e também sua prudência, sabia que não era um charlatão, que não perdia tempo, era antes educado e até elegante, pode-se dizer que irrepreensível.

Ela tinha certeza de que o fato de não poder conceber tinha a ver com uma espécie de má sorte localizada no corpo de Álvaro, nunca lhe ocorreu que pudesse ser uma má sorte compartilhada. O médico pedira que fizessem análises aprofundadas, mas ela pensava que as fazia apenas para não deixar Álvaro se sentir mal, para cumprir com as exigências do consultório, não porque houvesse em seu próprio corpo essa outra impossibilidade. Estava convencida, segura, e foi isso o que recriminou em si mesma depois, não tanto o fato de ter se deitado com Genaro.

Porque a ideia era simples: Genaro estava interessado nela, era limpo, confiável, seu corpo dava mostras de virilidade, pelo menos as que Hilda podia ler, era discreto, era questão de uma vez só e pronto. Um acordo, por que um acordo não poderia dar certo? Quase uma negociação, não havia erotismo numa negociação, havia busca de resultados: um filho e um marido contente, com sorte, dois filhos, gêmeos, assim não precisaria repetir o método, mas a princípio um só bastava, José ou Camila, Camila ou José, agora era a mesma coisa, depois não, claro, depois era questão de cada um, mas agora o importante era existir.

Hilda não escreveu uma carta, mas um bilhete:

> *Genaro, sei de suas intenções para comigo. Não procuro corresponder a elas, mas você poderia me ajudar, se estiver de acordo. Preciso de discrição, por favor, antes de tudo. Proponho que conversemos como adultos e em particular. Vejo você amanhã na hora da sesta, em seu escritório, imagino que não haverá outras pessoas. Passarei às três horas, mostre-me que está lá dentro deixando as persianas abertas. Deixe a porta sem chavear, assim posso entrar sem que você tenha de abrir. Até lá, Hilda.*

Em momento algum Hilda pensou em deixar claro que não se zangaria nem se ofenderia se ele não quisesse se encontrar com ela, que podiam esquecer tudo se ele não estivesse de acordo. Tinha certeza de que o encontraria no escritório no outro dia. Essa certeza, pensou depois, de onde saía?

Deixou o bilhete sobre a mesa em que Genaro tomava um café, em frente à praça, olhando-o nos olhos, depois de ver que o garçom havia entrado e que ele se encontrava sozinho na calçada. "Boa tarde", disse e deixou o papel dobrado, sem nem mesmo mudar o ritmo da caminhada, com uma certeza que nunca antes tivera em sua vida, com exceção de Álvaro. Era, portanto, a mesma confiança, isso também era Álvaro, não havia distinção.

Genaro não teve tempo nem de responder ao boa-tarde e ela já havia seguido seu caminho. Ele era outra vez um adolescente e não sabia o que fazer. Olhou para todos os lados, ninguém o via, ela estava cada vez mais longe, desdobrou o que para ele não era um bilhete, mas uma carta, e ficou surpreso, ficou confuso, se alegrou e se encheu todo de imensas expectativas que o excederam desde aquele momento e para sempre.

As opções em que Genaro pensou iam desde fazer amor ali mesmo, naquele exato momento, até pedir a Hilda que se casasse com ele. Entre uma coisa e outra, estava disposto a encontrá-la em segredo, fugir do país com ela e até pensou na possibilidade de cometer um crime, mas desistiu rapidamente dessa ideia porque Hilda já adentrava o escritório.

Ficou de novo sem palavras.

Hilda lhe disse "Boa tarde", suave, concreta, "Com licença", e se sentou do outro lado da escrivaninha, em uma das cadeiras forradas de couro. Sua voz era uma linha perfeita traçada desde o punho do pescador até ele, o peixe a ponto de morder o anzol.

Sem esperar, Hilda lhe disse que buscava sua ajuda, se ele quisesse colaborar, nisso não havia vergonha, tampouco paixão, o que, estranhamente, o deixou ainda mais apaixonado. Era um peixe nadando enlouquecidamente em direção ao anzol que nem tinha acabado de mergulhar na água.

Genaro entendeu que ela não estava apaixonada por ele, que ela não estava interessada numa aventura, que o encontro sexual seria unicamente prático, que nada garantia ternura ou desejo, e disse que sim.

— Hilda, estou disposto a te ajudar em tudo o que puder, conte comigo e com minha discrição.

O peixe se contorcia de prazer.

Álvaro estaria fora da quinta-feira de manhã até a sexta-feira à noite. Não era prudente deixar tudo para o último dia, e a ideia de se encontrar com Genaro na sexta parecia algo muito próximo de um verdadeiro encontro, portanto Hilda o convocou para aquela mesma quinta. Ligou para o escritório ao meio-dia, para que ele pudesse sair na hora do almoço sem levantar suspeitas. Genaro desligou e, no mesmo impulso, já estava vestindo a jaqueta. Chegou à uma da tarde, pontual, excessivamente perfumado.

– Quer beber alguma coisa?

– Eu tomaria um uísque.

– Tenho suco.

– Pode ser suco.

Hilda lhe alcançou um copo. Não propôs a ele que se sentasse. Estavam de pé, olhando-se de frente. Hilda com uma mão em cima da outra, ele com uma das mãos apoiada numa cadeira e a outra com o copo. Começou a tomar o suco, olhando para ela, que sustentava o olhar. Ele se sentiu repentinamente obrigado por ninguém mais além dele mesmo a tomar todo o copo de suco de uma vez só. Terminou.

– Vamos? – disse ela.

O quarto era o do casal. A janela que dava para o quintal estava totalmente aberta, entrava toda a luz, não havia nada a esconder ali, tampouco havia algo escondido. A cama de dois lugares, uma mesinha de cada lado, o armário compartilhado, tudo limpo, tudo fechado e tudo luminoso ao mesmo tempo. Hilda ao lado da cama, olhando para ele.

Ele entendeu que devia chegar mais perto, talvez a proximidade pudesse encobrir tanta luz, talvez agora, que estavam tão próximos, a centímetros um do outro, Hilda lhe deixasse conhecer seu verdadeiro eu, aquela mulher apaixonada que ele imaginava. Beijou-a intensamente. Hilda não se sentiu alheia àquele beijo, era um bom beijo, Genaro era um homem bom, ela sorriu pensando que o plano funcionaria, ele sorriu pensando que ela sorria para ele. Cada um deles foi feliz separadamente naquela cama.

Quando tudo terminou, ele tentou fazer um carinho nela com a mão, mas ela já estava se sentando. Virou-se para olhar para ele com um sorriso enorme: "Muito obrigada!", disse. Ele fingiu para ela: "Ora, por favor", e para ele.

Ao ver que ela se vestia, começou a se vestir também, sem dizer nada, mas ainda pendente de algum gesto que continuasse a alimentar aquela ilusão de peixe, embora o pescador já tivesse preparado tudo para voltar para casa, ele dava pulos, insistia.

Será que ela havia estado apaixonada por ele em segredo esse tempo todo? Aquela tentativa de engravidar seria apenas uma desculpa? Tudo o que tinha acontecido era real, não era uma invenção dele. Ele não podia estar mais feliz. Não desejava um filho, na verdade, mas desde o dia em que Hilda entrou em seu escritório não deixou de imaginar aquele lugar com ela dentro, indo visitá-lo, buscando-o para almoçar, e depois, por que não?, de mãos dadas com um filho, porque era claro que alguma coisa ela sentia por ele, que ele emanava uma confiança tal que ela o escolhera. Claro, ela era casada, mas que pessoa feliz num casamento procura a ajuda de outra? E aquele Álvaro, bem, parecia um bom sujeito, não tinha nada contra ele, mas nele havia algo um pouco infantil, talvez por andar de bicicleta pela cidade toda enquanto ele, em seu escritório, ele no café, ele com seu carro, ele com sua mulher.

Hilda começava a retirar os lençóis e a dobrá-los sobre a cama. "Eu te ajudo", "Não precisa", "Por favor", sorriram, começaram a dobrar ao mesmo tempo, que coreografia perfeita, pensava ele. E então alguém abriu a porta de entrada da casa.

– Dita, já voltei, a viagem não saiu.

Hilda, agachada como estava, empalideceu por completo. Genaro se ergueu, rígido, esperando algum sinal de Hilda, que, sem se mover, agitava freneticamente as mãos, fazendo sinal para que ele saísse para o quintal pela janela, como se estivesse espantando uma mosca gigante e incômoda. O peixe-mosca hesitou, mas Hilda olhou-o desesperada e ele respondeu a isso saltando pela janela e derrubando todos os vasos de cimento presos à parede, dos quais ele nada sabia.

Não faria a menor diferença que não os tivesse quebrado, como de fato os quebrou em mil pedaços, porque o quintal era apenas uns poucos metros de grama com três paredes impossíveis de saltar para um homem como ele, não por falta de condição física, mas porque, mesmo pulando, não alcançaria a parte superior, nem havia onde se agarrar para ganhar outro impulso no meio do caminho e tampouco poderia fazer isso porque Álvaro já estava ali no quintal olhando-o de frente, e no quarto Hilda olhando para os dois e cobrindo a boca com as duas mãos.

A mãe de Amélia saiu do trabalho, comprou doces, esperou o ônibus, entrou, sentou-se num banco do corredor, porque àquela hora já fazia um pouco de frio e as janelas estavam todas abertas, não percebeu que na verdade não havia vidros, dormiu um pouco durante o caminho, acordou uma parada antes, com a precisão habitual, andou rápido até o fundo, desceu, caminhou, tocou a campainha da casa, Álvaro abriu a porta, ela sorriu, disse "Boa noite", entrou, viu Hilda na ponta da mesa tomando um chá, viu Amélia sorrir contentíssima enquanto mexia os pezinhos para a frente e para trás, viu Hilda de novo, seu corpo e os doces caíram no chão.

Quando voltou a si, Amélia respirava em cima dela com os olhos cheios de lágrimas. Álvaro a ajudou a se sentar. Ainda no chão, e antes de se lembrar como tinha ido parar ali, viu-a outra vez e puxou Amélia para si de modo rápido e desajeitado, abraçou-a com braços e pernas, arrastando-se para trás com as nádegas porque nenhum de seus membros achava-se livre, estavam todos grudados ao corpo de Amélia, que agora ria pensando que aquilo era uma brincadeira.

Hilda se levantou da cadeira e chegou perto dela, que não tinha mais onde se refugiar. "Que merda é essa?", gritou, chorou. Amélia então compreendeu que não era uma brincadeira e também começou a chorar, estendendo os braços para Hilda, que já estava na frente delas, mas a mãe de Amélia a apertava cada vez mais, e Amélia fazia ainda mais força para se livrar, até que conseguiu e pulou na direção de Hilda, que cambaleou um pouco, mas rapidamente recuperou o equilíbrio. A mãe de Amélia olhou para Álvaro desesperada, só.

– Hilda voltou – disse Álvaro, contendo o sorriso.

A mãe de Amélia era Gabriela. Tinha dezessete anos quando chegou àquela vizinhança com o companheiro, um jovem da mesma idade dela, e com a bebê recém-nascida. Hilda sentiu uma pontada de dor quando os viu chegar trazendo uns poucos móveis, um sofá, uma mesa redonda, uma cama de viúva, quatro cadeiras de metal, um armário de madeira, um berço. Tudo um pouco gasto, nada novo, para quê?, de novos bastavam eles mesmos, tão jovens, tão cheios de potencial. Hilda fechou as cortinas de um puxão. A dor era a dor.

Álvaro entendeu tudo quando chegou em casa e viu, lá fora, o casal com a bebê nos braços, cumprimentou-os, apresentou-se, deu-lhes as boas-vindas, muito breve, muito correto, e entrou rapidamente para abraçá-la. Mas Hilda não estava na cozinha, nem em seu quarto, nem no quarto de costura. Estava no quintal, olhando fixamente para as plantas. Ali não havia lugar para um abraço.

Depois de três dias, escutaram a primeira briga: gritos, algo que se quebrava, a bebê chorando, gritos mais fortes, uma batida de porta. E no outro dia, e no dia seguinte, e no dia seguinte. Houve uma trégua no fim de semana e na segunda-feira tudo recomeçou. A tranquilidade do bairro enferrujava a cada grito e cada batida de porta. Os dois gritavam, a menina chorava. Aquela partitura foi executada com precisão durante uns oito meses. Até aquele dia.

Gabriela estava gritando e de repente ouviram um ruído seco que interrompeu o grito. Hilda parou de cortar a cebola, ficou uns segundos quieta, respirando. Álvaro a via de costas e, antes de poder reagir, Hilda já tinha saído de casa e com o cabo da faca batia na porta ao lado. Álvaro não ouvira o mesmo que ela, apenas uma briga a mais. Foi atrás dela, pensando que talvez não fosse o momento de pedir discrição para os vizinhos, e então viu que Hilda tinha em uma mão a camiseta amassada do vizinho e na outra a faca gigante, cortadora de cebolas, encostada no pescoço dele, afundando só um pouco em sua pele, enquanto falava com ele muito de perto. Álvaro estava pálido. O vizinho estava pálido. Gabriela estava pálida. Hilda nunca havia se sentido tão viva.

Logo que a faca se separou alguns centímetros do pescoço do vizinho, ele empurrou o braço que antes a sustentava e se foi chutando a porta, deixando-a aberta. Gabriela se projetou em direção a Hilda como uma mola, num abraço que ela, ainda com os braços levantados, suspensos naquela valentia recém-inaugurada, não esperava. Olhou para Álvaro surpresa e ele rapidamente pegou a faca. Havia entendido que era isso que significava aquele olhar. Hilda sorriu e também abraçou Gabriela.

Em alguns minutos, o vizinho apareceu de novo com uma sacola. "Isso é culpa sua", disse para Gabriela, olhou para Hilda com ódio, nos olhos um punho fechado, uma mão no pescoço, mas não fez nada. Depois de alguns dias, chegou uma caminhonete, levaram da casa o armário, a geladeira, a mesa e as cadeiras.

Aquele casamento não ia durar. Desde o nascimento de Amélia as coisas mudaram. Gabriela se perguntava como as coisas realmente tinham sido antes. Não encontrava a resposta nem a força para se imaginar sozinha com a bebê. Não sentia falta dele, não o queria em sua vida, mas não sabia o que fazer agora. A culpa não era de Hilda, nem da faca no pescoço, nem do que ela havia dito a ele. "O que você disse para ele?", perguntou Álvaro, à noite. Hilda não se lembrava.

No começo, Gabriela era uma com Hilda e outra com Álvaro. Com Hilda parecia que todo o seu corpo tenso, comprimido, vigilante, se desmanchava em arestas mais suaves e disponíveis, o queixo caía um centímetro inteiro, ela ficava com sono. Com Álvaro não era desconfiada ou imprudente, mas guardava certa distância. Álvaro não era o seu herói, era um senhor que se casara com Hilda.

Nas primeiras semanas, desde a partida do vizinho, Gabriela e Amélia almoçaram, lancharam e jantaram com eles. Não tinham geladeira nem mesa, e, mesmo que quisessem ter preservado alguma dignidade, não poderiam ter sobrevivido de outra maneira naquele verão. Gabriela tinha algumas economias, que acabaram em dois meses. Não trabalhava nem sabia como fazer isso. Hilda conseguiu uma geladeira de segunda mão e trouxe da igreja uma mesinha de sala que ninguém usava, todos concordaram. Álvaro falou com o gerente da fábrica e logo conseguiu uma entrevista de emprego para Gabriela como assistente da diretoria. Foi então que ganhou seu abraço, e o queixo de Gabriela já caía meio centímetro ao vê-lo. O outro meio centímetro baixou depois, quando Álvaro se ofereceu para cuidar de Amélia durante o horário de trabalho. Sabia que seria muito difícil para Hilda ocupar aquele lugar com que sempre sonhara e do qual teve de desistir. Ele seria a ponte pela qual ela poderia cruzar para o outro lado quando estivesse pronta.

Hilda não demorou muito para receber plenamente Gabriela e Amélia do jeito que fazia com as pessoas que amava, construindo um espaço que antes não existia, multiplicando. Em pouco tempo, eram uma só família, em duas casas contíguas. Hilda abrira completamente as cortinas que antes havia fechado.

A única coisa que Álvaro invejava em Hilda era aquele amor precipitado como uma onda que Amélia sentia por ela. Ele cuidava da menina, brincava com ela, ensinava-lhe coisas, mas Amélia via Hilda e se derramava. Largava os brinquedos ou a comida, o que quer que tivesse nas mãos, e saía correndo para abraçá-la. Hilda a erguia e a fazia dar exatas duas voltas no ar, um beijo em cada bochecha e um apertão no nariz. Colocava-a no chão e de volta aos brinquedos ou à comida e a Álvaro, sentado no chão, olhando. "Ida" foi sua segunda palavra, depois de "mamãe". Álvaro sabia que não podia desencadeá-lo, mas aquele amor pegava nele de rebote, uma luz refletindo outra luz, caindo sobre ele, e nessa luz ele ficava, feliz.

Passaram a noite inteira acordados. Amélia estava feliz, principalmente por Hilda ter voltado à vida, mas também porque, pela primeira vez, a tinham deixado ficar acordada a noite inteira. Suspeitava que sua mãe nem tinha se dado conta, que como ainda estava tremendo, embora cada vez menos, não tinha exatamente decidido que ela ficaria ali no meio dos adultos, àquela hora da madrugada, mexia os pés sem parar e continuava a comer doces, a cada tanto tocava a mão de Hilda com sua mão pegajosa e sorria para ela e apertava os olhinhos. Hilda sorria, apertava seu nariz e Gabriela começava a tremer outra vez.

Na frente de Amélia, Hilda omitiu o detalhe dos vermes, embora, para dizer a verdade, tenha terminado por não contar muita coisa. Deixou de lado, por exemplo, a visita ao campanário, as mãos do padre nos peitos de Nora, o pânico dos dois, a imperiosa necessidade de fazer o sino soar cada vez mais forte e mais rápido e mais forte e mais rápido. Algo dentro dela retumbava e ardia quando se lembrava desse momento.

A versão, então, foi a seguinte: acordei, não sabia o que estava acontecendo, fiquei nervosa, quebrei, cavei, saí, corri, cheguei. Teve de repetir a história umas cinco vezes, cada vez que Gabriela pedia. Uma vez e choro, duas vezes e silêncio, três vezes e bronca em Álvaro, como ele não tinha visto que ela estava viva e choro de Gabriela e choro de Álvaro e espanto de Amélia com a boca semiaberta deixando ver o doce mastigado, Hilda consolando a todos. A quarta vez já teve um chá no meio, que Hilda preparou, apropriando-se de novo de sua cozinha e se irritando ao ver que o açúcar não estava no açucareiro. Depois do quinto relato, Gabriela ficou um instante em silêncio, e depois de alguns minutos se levantou, se ajoelhou aos pés de Hilda e se lançou inteira sobre sua saia, abraçando-lhe as pernas enquanto chorava baixinho para que Amélia não percebesse. Hilda passou a mão em sua cabeça: "Tudo bem, filhinha, tudo bem".

Já estava amanhecendo quando, por fim, os olhos de Amélia se renderam ao sono que ela tentava adiar. Recostou-se no sofá depois que conseguiram convencê-la de que Hilda ainda estaria ali quando ela acordasse, e todos os dias depois disso. Gabriela quis ficar ali também, "se não se importam, enquanto Álvaro descansa um pouquinho".

Hilda, então, entrou no banho mais desejado de sua vida, sabendo que ali fora a esperavam. Será que estavam com medo de que a água quente fizesse sumir a aparição? Que toda ela virasse vapor? A água quase fervendo batia em sua pele seca, salpicava a porta corrediça de vidro e se misturava ao vapor. Sentia-se bem ao ficar sozinha por um momento, embora supostamente houvesse ficado sozinha por muito tempo.

Lembrou-se de que a primeira coisa que sentiu ao sair da terra foi sede. Abria a boca sob a ducha para receber a água de todas as maneiras possíveis.

Seus dedos retiravam restos de terra e pedrinhas do meio do cabelo. Não quis se olhar em nenhum reflexo, tinha medo de que, ao se virar, outra Hilda a estivesse olhando primeiro. Um medo que se abria e se fechava dentro do peito.

Quando entrou no quarto, já vestida, um hábito da vida inteira, mais difícil de quebrar do que seu próprio caixão, Álvaro, que não tinha dormido, estava sentado na beira da cama, esperando por ela. Hilda se sentou ao lado dele e apoiou a cabeça em seu ombro.

Álvaro pegou sua mão e, sem se mexer, disse: "Se há algo mais que você não queira me contar, está bem, Dita, mas não vá embora de novo".

Nada mais se soube sobre os vidros, nem naquela casa nem em nenhuma outra. Cada um recolheu os seus. Varreram o chão e cobriram os buracos das janelas com papelão, plástico ou papel. No sábado de manhã, na rádio, convidaram o público a ligar para dar testemunho do evento que surpreendera a cidade. As linhas telefônicas entraram em colapso. A fome de testemunho é uma fome poderosa. Ligou Pablo, carpinteiro, quarenta e dois anos, quando os vidros estouraram ele estava lixando uma mesa em sua oficina, agora que estava vendendo bem porque era uma época boa, achou que tinha sido uma batida porque o 58 sempre passa rápido pela rua, apesar de já terem reclamado para a prefeitura, quando saiu para a rua viu outras pessoas confusas, ninguém conseguia explicar nada, alguns vizinhos achavam que alguém do bairro estava fabricando foguetes porque já estamos em dezembro. Ligou Madalena, cinquenta e sete anos, taróloga, na noite anterior tinha lhe saído A Torre quando ela perguntou pela cidade, ninguém lhe pagava por perguntar sobre a cidade, mas ela servia a um bem maior, não podia dizer qual era esse bem, não, não era aos demônios, mas a uma energia, essa energia lhe passava informação, fornecia dados em primeira mão, e A Torre tinha lhe dito que algo estranho aconteceria, algo de outra ordem, não, os vidros de sua casa não se quebraram porque ela está protegida por minerais dispostos nas janelas segundo uma posição que eles mesmos escolheram. Ligou Mônica, trinta e nove anos, professora do ensino médio, ela acredita que isso é o advento de algo pior, usou a palavra "advento", leu em um livro que herdou de seu avô que esses fenômenos não se dão isoladamente, que é preciso prestar atenção, ela não tem nenhuma janela que dê para a rua, mas os vidrinhos da porta, que eram mais enfeite do que outra coisa, se quebraram, também gostaria de saber se podem lhe passar o telefone de Madalena. Ligou Susana, das Devotas do Sagrado Coração, para informar que já tinham consertado os vitrais da igreja e que haveria missa normal à tarde, não acreditava que fosse um aviso de Deus, Ele avisaria de maneira mais clara, uma mensagem não é uma mensagem se não conseguimos entendê-la, não sabia nada sobre o paradeiro de padre Roberto, achavam que ele teve alguma emergência e esperavam sua volta para logo mais, mas padre Nestor rezaria a missa, não, não o chamamos de padre suplente, disse, irritada, e desligou.

O padre suplente era Nestor. Alto, magro, calado, muito mais velho do que padre Roberto. Teoricamente teria de ter trocado de diocese fazia tempos, mas passava tão despercebido que até a burocracia eclesiástica havia se esquecido dele. Quando se deram conta, pediram a ele que permanecesse na cidade para ajudar padre Roberto a se aclimatar. Ele disse que o faria com prazer, mas já não o estavam escutando.

Naquele sábado, padre Nestor estava preparando seu primeiro sermão em muito tempo. Antes da missa, os fiéis menos assíduos foram lhe dar as boas-vindas, apresentaram-se e o convidaram para jantar em suas casas. Nestor ficou perplexo: estava na cidade havia sete anos, quatro como padre principal e três acompanhando padre Roberto. Sorriu amavelmente e não disse nada, ninguém ganharia nada com esse esclarecimento, e até que um ou dois jantares não cairiam nada mal. As Devotas é que sabiam tudo sobre ele, claro, iam à igreja o tempo todo e se encarregavam de muitos de seus assuntos. Nora, particularmente, ia todos os dias, mas ele não a via desde ontem, esperava que estivesse bem. Por conta do assunto dos vidros quebrados, certamente todos estariam muito nervosos. Seu sermão de hoje devia trazer-lhes calma e conforto frente à efervescência dos disparates e das teorias conspiratórias que começavam a se repetir nas ruas, depois na rádio e, de novo, nas ruas.

Susana, Clara e Carmen foram cumprimentá-lo e perguntaram se podiam ajudar em alguma coisa. "Sim, padre Roberto levou…" Fez uma pausa ao se ouvir, não sabia se estava usando as palavras certas, ele tampouco sabia o que havia acontecido com padre Roberto, não entendia sua ausência e estava preocupado, dizer "levou" denotava intenção, vontade, algo planejado. "Está faltando uma estola de Advento. Há algum tempo, Hilda, que descanse em paz, levou uma caixa com tecidos e estolas para costurar em casa, ela que tinha essa habilidade, já se passou um ano, antes para não incomodar e depois por estar ocupado, mas não fui visitar Álvaro para lhe pedir essa caixa, me arrependo de não ter feito isso, mas hoje ainda vocês poderiam ir até lá, por favor? Eu iria, mas ainda preciso terminar de escrever isto", disse, olhando para o papel em que havia escrito não mais do que um parágrafo e meio.

Hilda fora a última a se somar às Devotas. Antes dela havia entrado Nora, mas isso acontecera muito gradualmente e, para dizer a verdade, de forma involuntária, involuntária para elas, porque Nora aparecera em cada reunião com algum pretexto e, quando pensaram em se dar conta disso, ela já estava lá, posando para as mesmas fotos, em todos os eventos da igreja. Nora era a mais jovem de todas, tinha acabado de completar vinte e cinco anos, enquanto as outras já passavam dos quarenta. Sua família era conhecida porque eram donos de várias lojas de móveis. Tinham começado pela periferia e, à medida que expandiam o negócio, mudavam-se para cada vez mais perto do centro. E foi assim que Nora se integrou às Devotas, tendo se mudado havia pouco e estreando um novo degrau social na primeira missa em que se pôs à disposição do padre. Pareceu-lhes curioso que, sendo tão jovem, quisesse fazer parte do grupo, pensaram que logo perderia o interesse e ficaria entediada por estar rodeada de senhoras, talvez ao se casar ou ao passar a administrar alguma das lojas de móveis. Em pouco tempo, saiu do grupo, mas, em vez de se dedicar ao negócio da família, ocupou o papel de tesoureira da igreja. Nora estava sempre lá, enquanto as demais se reuniam em outras casas e andavam pela cidade.

Com cinquenta anos recém-completados quando se juntou ao grupo, Hilda era a mais velha de todas. Talvez por isso sua figura fosse tão contundente. Havia algo nela que intimidava Nora, que diante de Hilda permanecia num silêncio que nunca souberam se significava respeito ou temor. Isso era muito reconfortante para as outras, especialmente para Carmen, que olhava desconfiada para Nora desde que se conheceram, mas não tinha dito nada para Clara nem para Susana porque bastaria que o fizesse para que elas respondessem: "Você está imaginando coisas, Caaaarmen", e como ela ficava chateada com esse alongamento da letra "a" em seu nome, algo que se tornara um hábito para elas. Tinha vontade de dizer: "Você é que está inventando, Susanaaaaaaa", "Pare de se meter, Claraaaaa", "Você está escondendo algo, Noraaaaaaa". Fora esses rompantes, que aconteciam apenas em sua mente, Carmen era uma pessoa agradável e bastante transparente, não costumava mentir, a não ser em casos de maior necessidade, e gostava muito de Susana e de Clara, e mais ainda de Hilda, que chegou para ser a irmã mais velha que ela sempre quis ter.

Carmen tinha uma irmã mais velha, Flor, mas Flor sempre a ignorava, apesar de serem as duas únicas filhas da família. Olhava através dela como se Carmen não estivesse ali, tanto que Carmen, quando pequena, costumava se virar sempre, pensando que houvesse alguém atrás de si a quem Flor dirigia o olhar. Não havia ninguém, nunca. Bem ao contrário, desde o dia em que chegou, Hilda a olhou nos olhos. Ela falava nervosamente e queria lhe contar toda a história das Devotas, da igreja, da cidade e do mundo. Clara e Susana a interrompiam o tempo todo, incomodadas com aquela tagarelice, embora Hilda tivesse entrado recentemente no grupo, estava na cidade havia anos, não era preciso explicar-lhe tudo, mas Hilda sorria rapidamente para elas e voltava a olhar para Carmen e a lhe perguntar algo sobre o que estava falando antes.

Naquele primeiro dia, reuniram-se para planejar a agenda das Devotas. Quando saíram da igreja, Hilda esperou por Carmen na porta e enlaçou seu braço no dela: "Ajude-me, jovenzinha", disse, exagerando a idade e a necessidade. Carmen sorriu com o corpo e ficou em silêncio todo o caminho até sua casa. Quando entrou, foi direto para a cama e chorou até pegar no sono.

Para Hilda, o bom de entrar no grupo das Devotas era que ninguém lhe perguntaria o porquê. Tinha fé, talvez naquele exato momento nem tanta, ainda estava se recuperando do fato de tê-la depositado toda numa coisa só, do esforço por sair daquele lugar em que caía a cada tanto. Não tinha sido muito tempo, nem o tempo todo. A dor não era uma linha reta, mas também não era um ponto, tinha uma forma mais caprichosa, acidental. Já passara por isso no começo, já havia saído da tristeza, tentado ter outros entusiasmos, abrir-se para as pessoas, embora elas insistissem em fazer as mesmas perguntas. Sonhava em chegar a uma idade na qual ninguém lhe perguntaria mais nada, na qual, como ela, ninguém pudesse. Deixou passar também essa raiva, começou a se concentrar nos detalhes do mundo, nos breves trabalhos dos quais pudesse sair se aquela pontada voltasse, dando aulas de reforço para crianças do ensino fundamental, consertando roupas, fazendo outras do zero, germinando sementes que logo virariam plantas, cuidando das plantas, esperando testemunhar que uma dama-da-noite se abrisse. E, quando chegou a idade pela qual esperava, a tristeza que conseguira espantar voltou, de modo pontual. Álvaro soube, como já sabia do esforço que ela havia feito antes. Hilda saía outra vez do seu lado, e ele já sabia que, por mais que tentasse, não poderia acompanhá-la. Foi numa dessas tardes em que saiu para caminhar sozinha, perambulando pela cidade, quando, já cansada, se sentou num dos bancos da praça, o que ficava mais longe do café, e Clara chegou. Sentou-se ao seu lado. Clara só a conhecia por ter cruzado com ela pela cidade, não sabia muito sobre Hilda, não mais do que todos sabiam. Olhou para ela. Hilda olhava fixamente para os canteiros, sabia que havia alguém ao seu lado, que o mundo a rodeava. Clara tirou um lenço de tecido da bolsa antiquada. O movimento fez com que Hilda virasse a cabeça, como um reflexo. "Há um grupo na igreja daqui, faço parte dele, se chama as Devotas do Sagrado Coração, é lindo. Rezamos, vamos à missa, quando dá ajudamos, nem sempre dá, essa parte é difícil, o bom é que nos fazemos companhia. Minha mãe sempre diz que Deus nos dá o que podemos aguentar, mas eu não acho que seja assim. Aguentamos porque nos ajudam. Sozinhos não podemos nem com a felicidade." Hilda olhava para ela, não sabia desde quando tinha começado a chorar, nem desde quando estava com o lenço na mão.

Ninguém perguntou nada para Hilda quando ela chegou à igreja na semana seguinte. Deram-lhe as boas-vindas, apresentaram-se. Clara, sempre muito discreta, como Carmen gostava de dizer, não lhes contara nada, recebeu-a com um sorriso e um abraço.

Depois de algumas semanas, quando visitaram a casa de Hilda pela primeira vez, cada uma levou uma coisa, Carmen um bolo, Susana um porta-guardanapos que comprara numa feira, e Clara uma samambaia, se cortassem um pedacinho, ela se multiplicava.

*Convidamos todos a participar do Santíssimo Rosário pela alma de Hilda Bustamante, amada esposa de Álvaro, querida avó de Amélia, amiga adorável e sempre lembrada por suas companheiras do grupo Devotas do Sagrado Coração de Jesus.*

As Devotas choraram a morte de Hilda como se tivessem matado Jesus ali mesmo, diante delas. A imagem do sofrimento e calvário de Jesus Cristo, além do pão nosso de cada dia no roteiro da missa, era parte de uma fantasia secreta e recorrente de Carmen, só que, naquela ocasião, ela, jovem e fariseia, salvava-o da morte e da crucificação enfrentando os romanos com uma precisa e estranha mistura entre alguma arte marcial imaginária e uma sacudidela. Não podia negar que havia certa tensão sexual entre o abatido e agora agradecido filho de Deus e ela, mas que não chegava a se concretizar, geralmente a fantasia terminava com uma profunda troca de olhares, se aquilo demorasse um pouco mais, já teria de confessar ao padre. O arranjo específico segundo o qual a duração da fantasia determinava o caráter pecaminoso e, em consequência disso, forçosamente público no confessionário era estabelecido somente por ela, de acordo com o que sentia: bem à beira da vertigem, exatamente ali, parar. Hilda a surpreendera algumas vezes olhando obnubilada para o Cristo ajoelhado com a cruz às costas que ficava no final da terceira nave da igreja, intuindo que aquele não era um olhar de devoção, mas não disse nada. Não seria a primeira nem a última vez, Hilda sabia guardar segredos, ao contrário daquele padre, a quem Carmen nunca mais concederia total confiança em sua redenção, não depois de ter confessado, visivelmente arrependida, que havia ficado, sem saber bem por que, com a tesoura de poda de Nora, que, além de ex-Devota e agora tesoureira da igreja, era sua vizinha e parecia muito próxima do padre. Na semana seguinte, Nora foi até sua casa, zangada, e lhe pediu, sem olhá-la nos olhos: "Por favor, me devolva a tesoura de poda que amanhã o jardineiro vem aqui". Já tinham tido aquela conversa e Carmen dissera a ela que não estava com a tesoura. Parada no degrau de entrada de casa, sentiu-se acusada e, pior, culpada, mas o olhar esquivo de Nora falava de um crime mais grave do que o seu, mais grave do que a tesoura e a fantasia. Carmen soube que ali havia algo, mas a vergonha foi maior e ela foi buscar a tesoura.

Hilda não, Hilda era uma dama. De sua boca não saía nenhuma palavra em excesso. Não criticava nem andava por aí acusando, não contava nem fazia calar, dizia apenas o justo, mesmo sabendo de tudo, porque todas lhe contavam algo, sua discrição era um ímã para os desesperados, embora talvez para eles tudo fosse um ímã. Por isso ficavam tão à vontade com Hilda. Quanta dedicação sem crédito, tão prática ajeitando as coisas, tão predisposta a ajudar sem fazer alarde. Hilda era predisposta, mas não era estúpida, um ar de maturidade se instalava em seu rosto, era difícil dizer exatamente onde, não era nas sobrancelhas nem exclusivamente nos olhos, realmente fáceis de esquecer, de fato, passado algum tempo depois de sua morte, Carmen tentou se lembrar da cor dos olhos de Hilda e não conseguiu, teve de procurar algumas fotos em que a amiga aparecesse, mas em todas ela estava de olhos fechados, sorrindo um pouco e apertando-os ou olhando com ternura em direção a alguma criança que aparecia na esquina, debaixo da mesa ou se jogando no chão em pleno ataque de choro.

As mulheres bateram à porta. Eram onze da manhã de sábado e tudo estava em silêncio. Que estranho, o rádio não estava ligado. Álvaro costumava deixar o volume no máximo desde cedo, enquanto ia e vinha pela casa. Talvez tivesse saído há pouco para comprar alguma coisa. Bateram de novo. Nada. Quase indo embora, decidiram, por via das dúvidas, bater pela terceira vez. E foi aí que ouviram vozes. Vozes. No plural. Sussurrando. Olharam-se, intrigadas, sem dizer nada.

"Álvaro? Somos nós", o cartão de apresentação, ninguém mais era "nós". Do lado de dentro, mais sussurros. Bem que tentaram, mas não conseguiram entender o que dizia aquele murmúrio do outro lado da porta, só entendiam que era algo nervoso. "Álvaro?" Talvez tivessem entrado ladrões, aproveitando a confusão da noite e os vidros quebrados. A janela que dava para a rua estava coberta com um papel floreado e escuro, mas não se animavam a rasgá-lo. "O que vamos fazer?", perguntou Clara, e então Gabriela abriu a porta, com uma visível cara de cansaço e os cabelos molhados há pouco, os olhos inchados, como se tivesse chorado. Estranho. Não abriu totalmente a porta, só o suficiente para que elas pudessem ver seu rosto. "O que você está fazendo aqui?", disse Carmen, sem nenhum tipo de filtro. Clara subitamente lhe deu uma cotovelada, Carmen nem se alterou, Susana olhava fixamente para Gabriela, esperando uma resposta: "Olá, há quanto tempo! Vim com Amélia para ver se estava tudo bem e ficamos para dormir, procuram algo?". "E Álvaro?" "Ainda está dormindo."

Não era verdade, tinham escutado outras vozes, mais de duas, e estavam a ponto de dizer isso quando alguém tentou abrir a porta de repente, mas Gabriela a segurou, fazendo força, enquanto seu rosto inteiro mudava de cor e seu queixo tensionava. Amélia pôs a cabeça para fora, meio metro mais abaixo, cumprimentando-as, efusiva como sempre, "Tia Carmen!", gritou, empurrando o corpo de Gabriela, que tentava bloquear o espaço com o quadril e deixar Amélia atrás, mas ela insistia, sem entender aquela resistência, especialmente porque sua mãe não estava olhando para ela, mas olhava fixamente para as mulheres, e já escutava Álvaro lá dentro tentando falar e chamando por ela bem baixinho, e então conseguiu colocar uma perna à frente da de sua mãe e lançar para fora a parte superior de seu pequeno corpo, para arrastar-se e incorporar-se triunfalmente no mundo exterior com os braços levantados para Carmen, que já lhe sorria e a erguia, enquanto Susana e Clara continuavam com a mesma cara desconfiada diante de Gabriela. Susana disse: "Álvaro não está dormindo, acabamos de ouvi-lo, o que está acontecendo, Gabriela?".

Amélia, segurando o rosto de Carmen com as duas mãos e aproximando-o do seu, frente a frente, como costumava fazer ao cumprimentá-la, porque também a tinha adotado como tia-avó, muito segura daquele amor mútuo e feliz tanto quanto estava pela volta de Hilda, em plena posse de um segredo que deixaria Carmen igualmente feliz, ao mesmo tempo que Gabriela, quase a ponto de chorar e fazendo uma careta, gritava seu nome "AMÉLIA!", disse, "AMÉLIA, VENHA!", baixinho, "AMÉLIA!", quase sussurrando, "AMÉLIA!", num tom de segredo, "AMÉLIA!", do melhor segredo de todos: "Mamãe Hilda está lá dentro".

"O quê?", disse Carmen, ainda sorrindo, um pouco incomodada com os gritos de Gabriela, e com Amélia no colo. Amélia sorriu apertando os lábios, como se sua boca tivesse se perdido dentro do rosto, e assentiu com a cabeça. Que lindo era ter um segredo, assim podia contá-lo! "O que você disse, queridinha?", perguntou Carmen, sorrindo cada vez menos até deixar totalmente de fazê-lo e ficar com uma expressão estranhíssima no rosto. Amélia mantinha o sorriso e o orgulho, em silêncio, os olhos brilhantes. Carmen não estava entendendo nada, mas seu corpo sim. E seu corpo lhe dizia que Amélia estava dizendo algo importante, embora não pudesse entender o quê, estava lhe dizendo uma verdade indiscutível, embora ela não conseguisse escutar qual, o que estava dizendo e por que aquele sorriso lindo que Amélia dava, cada vez que lhe contava algo da escola que ninguém mais podia saber, agora lhe dava tanto medo? Carmen não conseguia deixar de olhar para ela, sentia que já estava quase entendendo, que, se deixasse de olhar para ela, a ideia se perderia para sempre e aquele segredo voltaria a um estado inexprimível, se perderia onde se perde tudo o que não se disse, num lugar irrecuperável. "AMÉLIA, PARA DENTRO!", gritou Gabriela. Amélia, então, assustadíssima com o tom que sua mãe nunca usava e que só agora escutava, fez força para se soltar de Carmen, pulou de seus braços e correu para dentro de casa, desta vez sem opor nenhuma resistência. "Álvaro está se sentindo um pouco mal, não pode falar com vocês, se quiserem deixar uma mensagem, eu falo para ele", disse Gabriela, como se essa frase de tão poucas palavras lhe custasse um esforço sobre-humano. "Padre Nestor nos pediu para buscar uma caixa com estolas que Hilda estava consertando, porque já estamos no Advento, e a outra, que estava com padre Roberto, não está lá. O que Álvaro tem? Chamamos um médico? É raro que ele adoeça, podemos vê-lo?", perguntou Clara. Gabriela olhou para dentro, cuidando para que a porta não se abrisse, em direção à mesa da cozinha em cuja ponta Álvaro e Hilda estavam encolhidos como duas crianças que estivessem de castigo. Duas crianças que não sabiam o que fazer e Amélia, que não tinha nenhum tipo de problema: pintava tranquilamente uma árvore cheia de pássaros sorridentes e um sol sorridente entre nuvens sorridentes que faziam sombra em flores também sorridentes. Gabriela olhou para eles tão nervosa que Álvaro se levantou e foi até a porta, elas não iriam embora a menos que ele desfizesse todas as dúvidas. Fingindo uma rouquidão inexistente, ele se aproximou e disse: "Queridas, que bom vê-las por aqui, desculpem, acho que estou me gripando e não quero contagiar ninguém". Gabriela assentia sem sair do lugar, eram os soldados que protegiam o segredo a qualquer preço, a primeira fila de defesa de Hilda. Embora fosse muito improvável que justamente aquelas três quisessem atacar de alguma maneira, nem Gabriela nem Álvaro sabiam se Hilda queria vê-las, apresentar-se, dizer "voltei". Hilda também não sabia, estava apavorada, não por ela, mas pelas outras, por não saber como reagiriam ao que estava acontecendo. E o que era isso que estava acontecendo? Como ela podia estar aí agora, depois de ter sido enterrada, depois de ter morrido do jeito que lhe contaram? Um infarto era algo reversível? Seu coração havia renascido sozinho, como um bulbo fraco que encontrou forças no descanso de alguns meses sob a terra? Quem deu corda de novo nesse relógio que já tinha sido guardado? Mas ali estava ela, tomando mate na ponta da mesa, e suas amigas do outro lado, e o que mais ela poderia querer do que correr até elas e abraçá-las, mas como botar de novo para funcionar todo o arcabouço de suas relações? Teria de continuar escondida? O que diriam na cidade se a encontrassem de repente na praça ou na igreja? Seria desgastante explicar a mesma coisa para todo mundo, a cada vez, talvez pudesse continuar ali, em sua casa, não precisava de mais nada, ver Amélia crescer, fazer companhia a Álvaro, conversar com Gabriela, saber do mundo por meio de suas vozes. E suas amigas? Será que aguentariam saber desse segredo? Sua presença revitalizada não prejudicaria os laços que elas mesmas mantinham com o mundo? Será que Carmen, Susana e Clara conseguiriam se calar? Não contar para seus esposos, para seus filhos, para padre Nestor? Se ela pedisse, é certo que guardariam segredo, mas talvez esse segredo lhes pesasse mais, talvez fosse injusto dar a elas esse peso quando já tinham chorado por ela no devido tempo. Queria abraçá-las com toda a força de sua alma e sofria naquele canto pensando em todas aquelas coisas, uma após a outra, mas Álvaro já estava se despedindo delas com a promessa de procurar a caixa e depois levá-la à igreja, a porta para aquele abraço já estava se fechando e já não fazia sentido continuar pensando no que não aconteceria, quando

Amélia orgulhosamente levantou a mão com o desenho afinal pronto, altos e sorridentes os pássaros, exuberantes e sorridentes as flores, macias e sorridentes as nuvens, e gritou: "Olha o que eu fiz, mamãe Hilda!". Gabriela, Álvaro e as mulheres se olharam sem se mover naquele momento demoradíssimo e bizarro, até que a porta se abriu inteiramente e apareceu outra cabeça, a de Hilda, sobre o corpo de Hilda, dizendo "Olá, meninas".

Susana e Clara se agarraram pelos cotovelos num movimento desajeitado e rápido, sem se olhar, apoiando-se, empurrando-se, como se quisessem se falar por meio do tato, "Você está vendo o mesmo que eu?", apertando o braço uma da outra, as bocas abertas, olhando para a frente. O apoio não foi suficiente. Clara caiu de joelhos, chorando, Susana deu alguns passos para trás, começou a puxar os cabelos bruscamente, como se quisesse abrir espaço para que entrasse uma nova ideia, expandir a cavidade do entendimento. Hilda as olhava preocupada, o corpo revelado apoiado no marco da porta. Olhou primeiro para Clara, que soluçava e apertava montinhos de grama entre as mãos, depois para Susana, que rodava de um lado para o outro sem deixar de agarrar a cabeça, até Carmen, que, de pé, firme sobre a terra, sem um pingo de medo nos olhos, acabava de fazer o sinal da cruz e, desde o beijo de seu amém, direcionava o indicador e o polegar para a direita, como se estendesse uma capa invisível enquanto seus braços permaneciam cruzados.

Hilda a olhou por cinco segundos e correu para abraçá-la.

Carmen e Clara entraram na casa. Não houve jeito de convencer Susana a fazer o mesmo. Álvaro levou uma cadeira para fora para que ela pudesse se sentar enquanto reagia à situação, e entrou de novo, muito sério: "Nada ainda". Estava havia quase uma hora assim, ninguém sabia o que fazer, se ligavam para o marido dela, se esperavam um pouco mais. Hilda tinha tentado buscá-la, mas ela começou a gritar e Hilda desistiu. Amélia foi se sentar no chão, diante de Susana, "para cuidar dela".

Dentro da casa, Carmen não tinha falado nada, o que, para Hilda, era um quadro ainda mais estranho do que o de Susana. Não estava em estado de choque, parecia até o contrário, havia uma serenidade nunca antes vista naquele rosto, como se Hilda ali presente, vinda da morte, tivesse trazido com ela o final de uma história que Carmen esperava desde pequena. "Como, Hildinha?", disse Clara, enquanto Gabriela servia chá de tília para todas e Álvaro procurava uns biscoitinhos. Hilda olhou para eles e os dois entenderam que deviam sair. Gabriela convidou Álvaro para descansar um pouco em sua casa, ela ficaria algum tempo ali fora para cuidar de Amélia, que cuidava de Susana.

Já a sós com as amigas, Hilda começou a contar sua saída da terra, falou também sobre os vermes, de seu esforço e... Clara a interrompeu: "Deixa eu ver sua língua".

Hilda, surpresa, primeiro ficou séria e depois botou a língua inteira para fora, enquanto Clara a inspecionava procurando algum rastro. Olharam-se e não conseguiram segurar o riso. Era a primeira risada desta nova vida. Que sossego poder rir outra vez. "É a tua segunda vinda", disse Carmen, que não rira. "É a tua segunda vinda, e somos tuas discípulas." Acabou de dizer isso e se ajoelhou aos pés de Hilda. Clara olhou para as duas e se sentiu suja apenas por estar sentada, o que estava fazendo ali, achando que era igual à Hilda! Era verdade, era a segunda vinda de Hilda! Ajoelhou-se rapidamente ao lado de Carmen.

Susana olhou para dentro da casa e sua expressão de desamparo, de não entender nada, se encontrou naquele momento com a mesma expressão nos olhos de Hilda.

Carmen, em êxtase: "Que prova maior do que esta haverá, Nossa Senhora? Maior do que esse vosso corpo que voltou à vida, do que essas vossas mãos em nossas mãos, do que a terra se abrindo em duas para que voltásseis?". "Voltásseis, Carmen? O que está dizendo?", disse Hilda levantando-se da cadeira, tentando se afastar do que quer que estivesse acontecendo. Ter duas fiéis ajoelhadas em sua cozinha não era uma das cenas que imaginara enquanto as escutava atrás da porta, poucos minutos antes, quando tudo tinha mais ou menos uma ordem e ela voltando da morte era o mais estranho de tudo, mas isto? "Sim, Nossa Senhora, esta é uma prova a mais de Deus, da existência e da vontade Dele, Ele te mandou uma vez e agora você voltou." Hilda estava encostada na geladeira, com as mãos para trás, olhando para Carmen com a testa franzida, como quem olha para algo que está a ponto de se quebrar, mas que chegou tarde para salvar. "A terra não se abriu, Carmen querida, eu a tirei de cima de mim, isso não foi obra de Deus, isso é... não sei o que é, mas não sou sua Nossa Senhora, por favor, não! Como assim, eu vim antes? Eu não vim antes, Jesus é que veio, eu não sou Jesus, sou eu, Hilda! Levantem-se agora mesmo, as duas, vamos, de pé." E é claro que iam se levantar, porque essa era a primeira ordem que Nossa Senhora lhes dava. Já estavam de pé, firmes, em silêncio, esperando uma segunda ordem.

A brisa é uma coisa boa, uma coisa natural. Susana tentou se concentrar nessa sensação sobre a pele, sempre bronzeada. Fechou os olhos. Respirou devagar. A brisa é uma coisa normal. Tentou. Tentou com todas as forças, mas as lágrimas começaram a sair uma por uma de seus olhos fechados. Não era medo.

Quando Hilda morreu, algo nela estancou, não imediatamente, mas depois de algum tempo. Não teve uma vida difícil nem grandes preocupações, teve um trabalho normal, um marido normal, uns filhos normais, uma casa normal. Não se apegou demais a nenhum deles e isso a livrara de tristezas e decepções. Gostava, isto sim, de fazer coisas, manter-se num estado de permanente movimento. Uma vez as amigas lhe disseram que ela entrara no grupo da igreja porque na cidade não havia um cassino. Todas riram muito quando Carmen disse isso, ela mais do que as outras, sabia que era verdade e com essa brincadeira se deu conta de que todas elas também sabiam e não se importavam com isso, riu por causa disso, pelo fato de que não se importavam. Foi, talvez, sentir-se amada *apesar* daquilo que havia marcado uma diferença entre elas: não esperavam que ela fosse mais do que era. Não era assim com seus filhos, que sonhavam com outra mãe que não fosse ela, com alguém que não se bronzeasse o tempo todo, que cozinhasse melhor, que os abraçasse mais. Susana não gostava de abraços e, se começasse a pensar um pouco mais a fundo, apenas um pouco mais, talvez tampouco gostasse dos filhos, do esposo, da própria casa.

Entrar para as Devotas fora como um passe livre. Não se questiona uma mulher de fé. Ninguém tinha como saber que durante as missas ela fazia listas de compras na cabeça e fantasiava com vidas que não tinha: ela salvando animais do fogo e sendo entrevistada por um telejornal local, ela descobrindo como uma fábrica de alimentos enlatados introduzia tóxicos mortais em cada lote e sendo entrevistada pelo telejornal nacional, ela cruzando a nado o Oceano Atlântico e sendo entrevistada por órgãos de imprensa internacionais. A fantasia era interrompida quando se tornava muito ridícula ou quando chegava a hora de se levantar, de se ajoelhar ou de ir embora. O momento de dizer "a paz esteja convosco" junto dos demais fiéis não era tanto uma interrupção, era mais uma continuação: as pessoas felicitando-a por seu estilo livre, sua devoção às criaturas viventes, seu compromisso com a verdade. Ninguém dizia "a paz esteja convosco" como Susana, com aquela alegria por receber o próximo com a mão.

No início era apenas se reunir com as amigas, planejar, buscar fundos, ajudar a organizar algumas coisas. Com o passar do tempo, começou a ir à igreja todos os dias, religiosamente, para rezar por uma hora inteira. "O padre disse que dar nosso tempo em oração é o sacrifício maior que se pode fazer", anunciou em casa. O marido e os filhos fingiram sorrir e ela saiu, desde aquele primeiro dia, com um livro de suspense na bolsa. Sentava-se num banco da nave lateral, perto da luz filtrada por um dos vitrais, à hora em que sabia que nem o padre nem as amigas estariam por perto, e oferecia seu tempo com devoção a essas outras escrituras. Naqueles momentos, seu coração ardia. Durante todos esses anos, aquela hora foi seu refúgio e seu orgulho, vencia uma aposta silenciosa contra o tempo e a igreja. Talvez fosse mesmo bom que não existisse um cassino na cidade.

Um dia encontrou Hilda e achou que tudo se acabaria. Estava num túnel na Áustria, esperando que passasse por ali o suspeito do assassinato triplo, quando Hilda tocou-lhe o ombro. Cumprimentou-a, provavelmente, disse a ela por que estava ali, provavelmente. Susana, rubra sob o bronzeado, com um dedo enfiado entre as páginas do livro, o livro dentro da bolsa, saiu do túnel para voltar à igreja e acompanhar Hilda. Ao sair, atravessaram a praça juntas. Naquela tarde, Hilda a convidou para tomar um sorvete, o dia estava tão lindo, sentaram-se num banco, "que bom que você encontrou tempo para ficar mais perto de Deus". Susana se sentiu mal, mas não a desmentiu, terminou seu sorvete em silêncio.

Quando Hilda morreu, Susana ficou triste como todos, claro, mas foi somente quando Álvaro lhe deu o pacote que algo dentro dela se desmanchou. Hilda morreu numa terça-feira e, desde então, a cada terça, as Devotas faziam uma visita a Álvaro. Às vezes rezavam, às vezes apenas acendiam uma vela, às vezes conversavam um pouquinho e tomavam mate. Não eram reuniões longas, mas elas achavam que dessa maneira o ajudavam. Um dia, uns cinco meses depois, Álvaro as fez esperar quando estavam a ponto de ir embora, lembrou-se de que, ao arrumar umas coisas, encontrara um pacote para Susana, era um presente de aniversário que Hilda tinha comprado com muita antecedência. "É melhor abrir no dia do seu aniversário, que falta pouco", disse Clara. No dia do aniversário, Susana buscou o pacote logo depois de acordar. Era uma caixa de papelão. Já esperava encontrar velas ou algum santo quando a abriu e viu um livro de bolso que prometia muitos crimes e investigações. Alguém de fora deste mundo falava diretamente com ela. Sua visão se nublou. Abriu o livro. Na página em branco, antes do título e da história, estava escrito: "Para Susi. Me alegra que você tenha encontrado seu tempo. Espero que já não tenha lido este, sua amiga que te ama, Hilda".

Quando Álvaro entrou em casa outra vez, encontrou Clara e Carmen, agora de pé, rezando num ritmo desenfreado, parecia uma corrida de cavalos, e Hilda, ainda encostada na geladeira, mantinha a mesma expressão que assumia quando tentava ensinar os números para Amélia, a frustração e a resignação, o não dizer nada que pudesse magoar a pirralha. Do Pai-Nosso passaram à Ave-Maria, agora olhando-a fixamente, como se esperassem, em meio à reza, um centro que as ajudasse a identificar a que nível da Santíssima Trindade ela pertencia. "Bendita és tu entre as mulheres e bendito é o fruto...", baixaram a cabeça e disseram mais rapidamente o que vinha a seguir. Álvaro nem precisou esperar por uma explicação para aquela cena porque, ao terminarem de rezar, as duas já tinham se ajoelhado de novo. Hilda olhou para ele fazendo uma careta e ele quase soltou uma gargalhada. Precisava das amigas, mas elas agora eram essas senhoras que rezavam para alguém que não existia, que não estava ali. "Carmen, Clara, preciso que façam uma coisa. Vocês têm de falar com Susana, fazê-la reagir, ela não pode ficar desse jeito no jardim, é muito estranho."

Não precisou pedir duas vezes, já estavam lá fora dizendo para Susana: "Você não vê que isso é uma coisa boa, Susi? Não vê que ela, que antes era nossa amiga, agora é... é outra coisa... é como se fosse Jesus, entende? Ela diz que não, que não é como Jesus, mas, quer saber? Para mim isso é um teste, ela está nos pondo à prova". "Olha, Carminha," disse Clara, "não entendo bem que prova é essa." Carmen olhou para Clara levemente indignada, mas acima de tudo confusa. Susana, por sua vez, olhou para dentro da casa e viu uma Hilda cansadíssima sentar-se lentamente, colocando uma mão sobre o joelho direito, num gesto tão característico dela. Enterraram-na aos setenta e nove anos, era normal que estivesse cansada, quem sabe como se contariam os anos agora, pelo dobro, pela metade? Tudo aquilo era ridículo, não apenas Carmen e Clara, este gramado é ridículo, Hilda é ridícula, como podia voltar assim, do nada, como podia ter partido, em primeiro lugar?

Susana não queria entrar, tampouco queria ir embora, não havia lugar neste mundo ridículo onde quisesse estar, mas se ficasse ali acabaria correndo para abraçar Hilda e isso não era justo, ela já havia partido. Levantou-se da cadeira sem olhar para a casa e se foi.

Carmen e Clara agora se perguntavam o que tinham de fazer, se ficavam, se iam embora, se saíam atrás de Susana, se traziam padre Nestor, quem sabe ele poderia dar alguma explicação, ou Hilda a ele. Fizeram esta última pergunta lá dentro, mas Hilda lhes disse que não, que voltassem para suas casas, que queria descansar, depois veriam o que fazer, enquanto isso, por favor, cautela.

Quando Hilda morreu, Álvaro tinha setenta e oito anos. Não houve palavras para descrever sua dor.

Quando voltaram a se ver, e o relógio reiniciou, já tinham a mesma idade.

Depois, o tempo já não teve importância.

No sábado à hora da sesta, o cansaço de correr, ressuscitar e receber os que haviam partido chegou de repente quando, por fim, ficaram a sós. Nas duas casas vizinhas, todos dormiram.

Amélia, só depois de falar durante vinte minutos com a mãe sobre aquele coelho que tinha quando era pequena, o que ganhou de presente do vovô Álvaro e de que mamãe Hilda não gostava porque dizia que provavelmente tinha bichos e que morreu num verão, de tanto calor. Amélia perguntou à mãe se Hilda ainda pensava o mesmo sobre o coelho. Gabriela, temendo mais perguntas que não pudesse responder, começou a cantarolar algo para que Amélia dormisse mais rápido, até que ela mesma dormisse, cansada de passar a noite acordada, de esperar um momento a sós para chorar tranquila. Sonhou que chorava no ônibus porque já sabia que Hilda tinha voltado, mas o motorista não queria parar perto de sua casa, quanto tempo mais teria de continuar andando até que pudesse abraçá-la.

Na casa ao lado, abraçados sobre a cama, com as cortinas fechadas e o ventilador ligado no mínimo, dando voltas sem vontade, como se quisesse ouvir o que se dizia ali embaixo, Álvaro contava para Hilda tudo o que acontecera naquele quase um ano em que não se viram. Não era muito o que podia lhe contar. Evitou, por exemplo, falar sobre os dias que passou trancado e sem comer, como, naqueles momentos, pensou tanto nos anos anteriores e como achava que conseguia entender, afinal, o que Hilda sentiu. Ele também queria uma família maior, parecida com esta, mas se não chegasse não lhe importava, antes disso estava Hilda, e o depois era algo muito grande para ele sozinho. Contou-lhe que o amancay tinha florescido e que deu o presente para Susana, que Carmen insistia em fazer pães caseiros que ficavam muito duros, que Clara não falava muito, mas que, cada vez que o visitava, controlava a água da samambaia, que talvez fosse lá só para isso, e vê-lo era apenas uma desculpa. Hilda, com a cabeça sobre o ombro dele, imaginava tudo. Gostava de saber de suas amigas por intermédio de Álvaro, queria que ele continuasse falando dessas coisas, dos outros, da casa, que por nada desse mundo lhe falasse sobre sua morte, o velório, o enterro. Não queria ver outra vez o ar de culpa nos olhos de Álvaro caindo em meio àquelas novas rugas. Sorriu para que ele sorrisse. O truque, intacto, continuava funcionando. Abraçou-o mais forte e se envolveu naquele calor. Dormiram, sem se soltar, por várias horas.

A primeira badalada do sino da igreja fez Hilda pular da cama. O que a chamava não era o dever da missa, era seu corpo vibrando na lembrança de quando o balançou.

Padre Nestor, em êxtase: "Aqueles que se regozijam com a ideia do fim do mundo e do desastre estão desaparecendo antes de todos, sem sabê-lo. Não é a extinção do mundo o que deveria deixá-los preocupados, mas a sua própria, imperceptível, ocupados como estão com a espera e a anunciação de um futuro que nunca chega e deixando passar o presente em obscuros devaneios. Entre todos nós há pessoas que adoram deuses falsos, que esperam pelos sinais da destruição porque isso é mais fácil do que olhar para suas vidas vazias de amor. E seria tão fácil regar esse amor, vê-lo crescer, cultivá-lo. Porém, em vez disso, demoram-se em reproduzir as intrigas do medo. E sabem quem são os que se assustam? Os que não creem. Eles mesmos falam, invocam seu falso deus e têm medo. Porque todos nós sabemos, todos os que estamos aqui, neste templo, sabemos que não haverá um final sem a chegada de Jesus, sem que se cumpra a promessa de seu retorno para nos salvar de nós mesmos, pois o ser humano é um ser incapaz de salvar a si mesmo, e nisso reside o único erro de Deus.

"É normal que tenham se assustado ontem com os estouros simultâneos das vidraças em toda a cidade; até onde sei, graças a Deus, ninguém ficou ferido gravemente e foram apenas de pequenos estragos materiais. Embora não se saiba direito por que isso aconteceu, não é algo que deveria importar neste momento e menos ainda servir de desculpa para semear o medo.

"Sobre padre Roberto, ainda não temos notícias de seu paradeiro, mas a diocese entrou em contato com a polícia, aparentemente não podem fazer nada se não houver uma denúncia, portanto teremos de esperar. Entendemos que a ausência dele, se voluntária, terá motivos mais do que claros e da mão do Senhor, que cuida dele em todos os momentos, assim como de todos nós."

Amélia e Gabriela se vestiram como se fossem a uma festa de aniversário e bateram à porta ao lado um pouco antes da hora do jantar. Álvaro abriu e Amélia disparou até os braços de Hilda. Trazia para ela o desenho de um coelho. "Você se lembra, mamãe Hilda, do meu coelho Tito?" Hilda disse que sim, que era um coelho muito nojento. Amélia se contorcia de tanto rir, mas se endireitou para perguntar, muito séria: "Você não viu o Tito?". Gabriela sentiu que iria desmaiar outra vez, mas o sorriso despreocupado de Álvaro a tranquilizou. Desde a noite anterior, procurava em que se agarrar, como se ela e tudo à sua volta estivessem a ponto de cair. Tudo a deixava sobressaltada, Amélia a ponto de lhe perguntar algo, aqueles bichos que batiam contra o papel da janela. Tentou se acalmar ao ver Hilda, repetir para si mesma que isso era o importante, não o que poderia acontecer lá fora, no mundo. Mas tudo estava acontecendo aqui dentro. Aqui sentia medo, aqui não entendia e aqui também estavam juntos de novo, Álvaro procurava um lugar para pendurar o desenho, Hilda punha a comida na mesa, Amélia roubava uma batata da travessa e ela também estava ali. Quem sabe se se trancasse um pouco no banheiro para chorar, depois tudo ficaria bem, depois entenderia, deixaria de cair.

Padre Nestor estava feliz, nunca tinha falado tão bem e de modo tão claro, com tanta firmeza, nunca havia recebido tanta atenção dos fiéis. Talvez aquela parte sobre o erro de Deus tenha sido um pouco demais.

Tinha sido demais, sim, claro que tinha sido demais, o que ele estava pensando?

Foi quando as pessoas saíram da missa, com o espírito renovado na fé, com a esperança fortalecida, espantados os medos sem razão de ser, que a nuvem, que de longe parecia trazer chuva, aproximou-se cada vez mais e mais rapidamente, até pousar, desfeita, com muitíssimos três pares de pernas, sobre cada um deles.

Uma praga se movimenta muito rápido, devora tudo, não é movida pela fome, mas pelo poder.

No domingo de manhã bem cedo, avisaram pela rádio que a missa daquele dia estava suspensa por motivos sanitários: A praga de gafanhotos que chegou de surpresa à cidade na tarde de ontem, causando grande alvoroço entre os fiéis que acabavam de sair da Santa Missa oficiada por padre Nestor, assentou-se, espera-se que apenas momentaneamente, sobre as paredes, os novos vitrais, a porta, as janelas e o campanário da igreja. Aconselha-se, portanto, a ficar longe daquele perímetro, até que a Secretaria de Meio Ambiente do município estabeleça o rumo correto a seguir, mas isso só acontecerá na terça-feira, porque amanhã, segunda-feira, é feriado municipal. O prefeito já se comunicou com o secretário do setor para solicitar uma pronta resposta e um plano de ação e pede à população, especialmente aos jovens, que, por favor, não atirem objetos inflamáveis, como camisetas em chamas encharcadas com querosene, porque isso pode acarretar prejuízos ao prédio recentemente reformado pela Secretaria de Obras Públicas na sexta à tardinha, logo após a explosão das vidraças, evento conhecido por todos. Ontem, o grupo de assíduos ao templo foi atacado inesperadamente pelos insetos, que, garantem, eram violentos. Convidamos os amigos a ligarem para a rádio e darem sua opinião sobre esse novo e estranho acontecimento que sacode nossa outrora tranquila cidade.

Ligou Nora, tesoureira da igreja: Isso é muito ruim, isso é muito ruim [soluços]… estão vindo buscar os pecadores [desliga o telefone].

Naquela manhã, Hilda e suas plantas por fim se reencontraram. Hilda e seus tecidos. Hilda e sua casa. Até aquele momento, não conseguira sair do invólucro do abraço, do transbordamento do absurdo e da exigência de que fosse ela a explicar tudo, como se pudesse fazê-lo. Isso lhe pareceu curioso: encontrar-se com as coisas como se não as visse há muito tempo, mas sem ter lembrança alguma dessa separação. Perguntava-se o que teria mudado enquanto ela não estava, como as coisas com vida tinham continuado a crescer sem que ela testemunhasse. Como estaria Susana agora, será que seria bom ligar para ela? O que poderia dizer? Essa plantinha não é de sombra, não deveria estar aqui. E eu? As coisas precisam de muita energia para sobreviver quando não estão onde deveriam estar, esforçam-se ao máximo, esticam suas hastes, como estas alegrias-do-lar, desabam numa atitude dramática, como aquele pé de manjericão. Arranham, empurram, quebram, correm, até encontrar seu lugar, onde podem nutrir-se sem esforço, com um ou dois abraços por dia.

Álvaro chegou, naquele momento, para nutrir, abraçou-a para interromper seu raciocínio, tinha aperfeiçoado essa técnica ao longo dos anos, sabia que funcionava, ela sorriu como se estivesse pagando pelo serviço prestado, sua recompensa era bem-vinda. Álvaro lembrou-lhe que padre

Nestor precisava de uma estola e logo se puseram a procurar aquela caixa, a abrir gavetas e portas, tratando de fazer com que tudo que tivesse sido guardado saísse, a visse de novo, revivesse com ela.

Todos os domingos, um mercado se instalava na rua que fica entre a última fileira de casas do bairro e as quadras de futebol. O mercado foi crescendo até ganhar terreno à quadra, aproveitando a falta de alambrado. Não foram poucas as vezes que uma bola chutada com força foi parar nas costas de alguma senhora que carregava sacolas de verduras. Gabriela saiu cedo para fazer compras, queria levar comida suficiente para que Álvaro e Hilda não precisassem sair de casa, por via das dúvidas. Mesmo sem saber qual era a ameaça, ela se preparava, estava de guarda com o corpo todo. Também queria fazer algo gostoso naquele dia, mostrar para Hilda que durante esse tempo havia melhorado na cozinha. Gabriela era bem ruim nisso, esquecia de salgar o arroz, deixava as coisas no forno por tempo demais com medo de que ficassem cruas. Como quase sempre comiam na casa de Hilda, não se preocupara em aprender. A única coisa que dominava na cozinha era o pão de ló, que Hilda adorava. Quando ficaram só os três, a falta de Hilda tornou-se gritante também em sua boca, e Gabriela de repente sentiu que era ela a encarregada de fazer com que aquela pequena família pudesse sobreviver. Álvaro comia cada vez menos, estava se apagando aos poucos. Ela não podia se dar ao luxo de ficar triste, a morte de Hilda tinha sido uma bofetada ruidosa em seu rosto, que ainda ardia.

Sabia que Álvaro, apesar da tristeza, não podia deixar de ser como era, que, não por ele, mas por ela, tentaria, ainda que fingindo, recuperar um pouco de força. Gabriela então anunciou, com grande alarde, a brilhante ideia de começar a cozinhar para fora. Conseguiu atrair a atenção de seus dois espectadores, Álvaro e Amélia, que se olharam sem dizer nada. "Pão de ló?", perguntou Amélia. "Não, comidas caseiras, vou começar a testar algumas receitas e vocês têm de me dizer se gostam." Gabriela não estava interessada em vender, queria apenas fazer com que Álvaro voltasse a comer e também, por que não?, tentar ver se, por acaso, conseguia encontrar o tempero que Hilda usava, deparar com um sabor parecido com o que as coisas tinham antes.

As primeiras semanas foram terríveis, não houve jeito de Gabriela acertar a quantidade de temperos e o tempo que as coisas deviam ficar expostas ao calor. Álvaro recomeçou a buscar Amélia na escola e a passar na padaria antes de chegar em casa, cada um fazia um sanduíche gigante para a hora do lanche. Quando Gabriela chegava do trabalho e os convidava para jantar, os dois estavam bastante cheios. Amélia adorava essa nova tradição, embora soubesse que não podiam fazer isso todos os dias, esse era o combinado, silêncio absoluto e dois sanduíches por semana. De tanto tentar, Gabriela conseguiu, afinal, preparar três pratos absolutamente saborosos. Álvaro e Amélia a aplaudiram na mesa, estava feliz, mas era uma felicidade parcial.

Agora, neste domingo, comprava apressadamente todas as coisas para cozinhar para eles porque os vendedores estavam nervosos e irritados, tinham de espantar os bichos que pulavam nas caixas de verduras e frutas. Panos e sacolas rodopiavam pelo ar. Alguns vendedores nem sequer haviam montado as mesas, atendiam de dentro dos caminhões.

Quando chegaram em casa, Gabriela carregada de sacolas e pacotes, Amélia viu fascinada como o quarto de costura cor de laranja estava uma desordem total. Havia caixas e sacolas de tecido espalhadas pelo chão. Hilda costurava um tecido púrpura na máquina, o sol entrava iluminando suas mãos e rebatia no quadrado de metal perto da agulha, que tanto medo causava em Amélia. Álvaro continuava mexendo em coisas, pensava em fazer um móvel pequeno somente para as linhas de Hilda. Gabriela ainda tremia por dentro, mas anunciou, com um sorriso, que naquele dia ela é que iria cozinhar. Álvaro, Amélia e agora Hilda aplaudiram.

Pela tarde, um sussurro, um brilho por baixo da porta. Lá fora: o entardecer, os gafanhotos saltando de um lado para o outro, um tapete de velas cobrindo o jardim e Carmen, Clara e Nora rezando de joelhos. Se não fosse um cartão-postal do terror, um refletor gigante apontando para a casa, um dedo imenso descendo dos céus e apontando com toda a fúria para o segredo, aquela paisagem de luz acolhedora e nuvens prateadas poderia ter sido bonita.

Nora encontrara as amigas na missa de sábado. Estremecia a cada palavra de padre Nestor. Não era verdade que exageravam, não era verdade que nada estava acontecendo, não era verdade que Deus avisaria e não tinha tanta certeza de que Deus os salvaria no final, neste final. Nada naquele sermão a tranquilizou, pelo contrário. Sendo ela a única testemunha do início do Apocalipse, tinha de fazer alguma coisa, dizer algo, mas para quem? Então viu Carmen e Clara olhando para o chão, estranhas também, e soube, pelo suor que escorria de suas testas e enchia de minúsculas gotas seus narizes, pela inclinação e pelo movimento dos pés delas, pela tensão que via aparecer em seus pescoços, soube que elas também a haviam visto. Por um momento, o medo recuou um pouco diante da suspeita de que ela não era a única pecadora que fora advertida. Quase sentiu alívio ao saber que não estava só, depois do abandono que tinha sofrido, jogada na sala da igreja e abandonada à sua sorte, vendo como Hilda subia e descia sem dizer palavra. Ainda estremecia inteira ao se lembrar de como, antes de sair porta afora, Hilda tinha se virado e, com um dedo sobre a boca, fez: "Shhh".

Mal terminou a missa, Nora apareceu ao lado delas, as três sabiam algo que ninguém mais sabia. Nora não disse, naquela hora, como foi que Hilda se apresentou para ela, mas perguntou-lhes: "Vocês também a viram?".

Agora as três se rendiam sem explicações ao mistério da aparição, ajoelhadas na grama do jardim, adorando a casa-templo que resguardava aquele mistério. Uma aparição que as abençoava com fidelidade ao próprio lugar, que não escapara para aparecer em outro canto, que estava ali dentro, onde antes a viram tomando mate e que agora, depois da ressurreição, saía enfurecida para reclamar delas por causa das velas acesas, com a estola recém-remendada numa das mãos, como se estivesse a ponto de celebrar a missa de Advento mais eufórica jamais vista.

Hilda teria ficado ainda mais furiosa se soubesse que Nora, ignorando aquele sinal, começara a fazer circular a boa-nova diante de quem cruzasse seu caminho, tinha até ligado para a rádio, num momento de crise. Por causa do semblante nervoso, do olhar perdido e da voz entrecortada, metade das pessoas não acreditava em nada do que Nora dizia, e isso dava a Hilda alguma margem de privacidade. Quanto à outra metade, muitos nem sequer conheciam Hilda e os outros acreditaram em Nora, mas não queriam sair por aí para averiguar se era verdade, ainda mais depois dos gafanhotos, então ficaram trancados em suas casas. Houve, sim, alguém que acreditou e apareceu, exatamente atrás das fiéis ajoelhadas, no momento em que Hilda reclamava delas. Com um gigantesco ramo de flores no qual já pousavam alguns gafanhotos, Genaro, emocionado até as lágrimas, de pé na rua vendo Hilda, ajoelhou-se por dentro.

Álvaro saiu como um raio assim que o viu, parecia impulsionado por uma força guardada há muitos anos. Era o cúmulo, o próprio cúmulo, que ele tivesse a audácia de aparecer também agora. A falta de vergonha. A cara de pau. A falta de respeito, de códigos, de consciência. Não ficara claro na época, não haviam combinado, os três, de não contar nada para ninguém, ele não se comprometera a não falar com eles nunca mais? Não reconhecia nenhuma espécie de limite, nem sequer os da vida e da morte. Álvaro dizia tudo isso com o olhar. Seus olhos faziam força como o faziam as mãos nos quadris, o ofegar mudo. No entanto, algo muito pequeno, minúsculo, fazia-o duvidar. Não era a possibilidade de ser indiscreto e aventar assuntos privados diante das amigas de Hilda, que nada sabiam desse passado anterior a elas, não, de qualquer maneira não pensava em falar sobre isso. A dúvida que o fazia segurar sua raiva, minimamente, só um pouco, era o fato de se sentir estranhamente acompanhado.

Genaro entendeu o olhar de Álvaro, sua raiva, passada e presente, e falou com os dois: "Nora me contou e eu quis confirmar. Contem comigo para o que for preciso. Com todo respeito, Álvaro. Hilda, seja bem-vinda, é uma alegria tê-la outra vez entre nós".

Mais cedo ou mais tarde as pragas se vão. Hilda e Álvaro conseguiram ficar a sós outra vez, na noite daquele domingo. Era uma maneira de falar. Os gafanhotos continuavam sobre a grama, como se a crescente e pesada umidade do ar os impedisse de voar, como se estivessem ali esperando alguma coisa. Hilda os viu quando foi colar com uma fita adesiva o canto do papel floreado que tapava a janela e começava a se desprender, parecia que olhavam para dentro da casa.

Na segunda-feira de manhã, pelo rádio, começou a circular o rumor de que a senhora Hilda Bustamante havia ressuscitado, nunca havia morrido, era mentira, tinha ido embora por algum tempo e voltou, não é possível, do que estamos falando, as pessoas estão nervosas por causa dos gafanhotos e começam a inventar coisas, agora dizem que uma mulher enterrada há um ano reviveu, por que inventaríamos isso, dizem que Nora mesma a viu, Nora ficou um pouco mal desde sexta-feira, quase não conseguiu dar seu depoimento, há muita gente que ficou mal, ninguém averiguou nada sobre as vidraças, e padre Roberto não aparece, a polícia não consegue lidar com tudo, a polícia deveria saber, a polícia não investiga coisas paranormais, ainda nem sabem quem foi que roubou os alambrados das quadras, o que é o normal, afinal de contas, a polícia não pode com nada disso, dona Hilda sempre foi muito boa e as pessoas que morrem e eram boas vão para o céu, não revivem, ou nem era tão boa ou o que aconteceu?, essas coisas acontecem em outros países, o padre suplente deveria dizer alguma coisa, mesmo que seja apenas mandar uma carta, outro dia na missa o padre suplente disse algo contra Deus e, quando saíram da igreja, ali estavam os gafanhotos, não foi bem assim, não foi totalmente contra Deus, só disse que Ele não era tão perfeito, se Deus fosse perfeito não teria deixado um morto escapar, o que está fazendo ligando para a rádio, desligue, a Bíblia anunciou as pragas há muito tempo, a praga é porque estão fumigando nos campos do norte e os bichos escapam, é incrível como as pessoas nunca se lembram disso e sempre acontece a mesma coisa, todos os anos, a mesma coisa, não sei de nada sobre essa senhora de que estão falando, só digo que não é algo dos demônios nem dos santos, é algo do campo, estou falando dos gafanhotos, não dos mortos, mas os gafanhotos estão na cidade e isso é um sinal, a catedral continua coberta e hoje é feriado municipal, também não recolheram o lixo, essa administração é terrível, não dão bola para nada porque não é ano de eleição.

O rumor se espalhou como se espalham os rumores nas cidades pequenas: com pernas fortes, a toda velocidade, saltando sobre os buracos, os muros, as pessoas. Era como aquela brincadeira do telefone sem fio, em que a cada relato o rumor se transformava em outra coisa, aqui tinha mais brilho e espiritualidade, ali um tom mais macabro e a suspeita de que todas as crianças estavam em perigo. Enquanto isso, as crianças escutavam partes de conversas, algumas tinham pesadelos, outras se reuniam para ver a tumba "da Hilda" no cemitério, onde o guarda, ao ver a terra removida desde sexta-feira e sem saber o que havia acontecido – porque as sextas são sextas de truco desde a metade da manhã até o começo da noite –, decidiu simplesmente alisá-la para apagar qualquer rastro de vandalismo, venda de resíduos necrológicos ou magia de qualquer tipo e cor.

Havia épocas que davam mais trabalho do que outras, e não por causa dos mortos, eram sempre os vivos que davam mais trabalho, os que entravam para procurar uma cruz de bronze, umas flores para revender, um punhado de terra dos que morreram de forma inesperada. Foi Martín quem viu a terra remexida no túmulo de Hilda. Como nas cidades pequenas até mesmo os mortos são conhecidos, ele não associou a senhora a nenhum tipo de interesse esotérico por parte da família, mas sabia, por outro lado, que, se algum deles fosse visitar o túmulo, ficaria incomodado com a terra remexida e ele teria de fingir estar investigando o assunto em plena sexta-feira de truco. Mas o mais estranho era que a terra não estava só um pouco revolvida, era como se tivessem pensado em plantar algo ali e depois se arrependessem, a terra parecia misturada, e somente naquele ponto, seus companheiros de fileira estavam completamente tranquilos. Sempre há um rebelde, pensava Martín, enquanto alisava a terra com a pá e se lembrava de como, ainda criança, na escola, não era um deles, passava despercebido, seria essa falta de graça o que o teria levado a fazer esse trabalho? Era um trabalho tranquilo, ele se dava bem com os colegas, o pessoal da prefeitura quase não aparecia e assim podiam usar o escritório como salão de jogos e sala de estar. Quando lhe tocavam os plantões noturnos, ficava vendo uma tevê pequena e só dava duas voltas pelo cemitério, às duas e às quatro da madrugada, rapidinho, melhor não facilitar. Não por medo dos mortos, era outra coisa, embora não soubesse muito bem o quê.

Então, quando começaram a aparecer grupinhos de três, quatro, cinco crianças entre seis e doze anos, soube que estava começando uma daquelas épocas. Alguém tinha inventado alguma história, pois que grupo de crianças se organizava para ir ao cemitério sem a companhia de algum adulto? Nenhuma criança havia morrido nos últimos tempos, desde o pobre do Francisquinho, e isso já fazia mais de dez anos. Os amigos de Francisquinho agora eram todos adolescentes tristes e não iam visitá-lo, teria sido como visitar uma criança, e eles tinham crescido. Viu um grupinho de longe e primeiro pensou que tinham ido jogar futebol, às vezes apostavam minicorridas disparando por todo o campo e ele fingia persegui-los, sentindo-se também parte do jogo. Mas esses pareciam estar quietos, com o olhar fixo sobre determinado ponto. Haveria algum animal morto? Levantou-se do degrau em que se protegia do sol e começou a caminhar a passos firmes naquela direção, quando se deu conta e parou de repente: estavam perto da tumba de dona Hilda. Primeiro teve medo por causa da manipulação das provas, mas imediatamente depois suspeitou de que talvez tivesse sido aquele bando de merdinhas que vandalizara a tumba da pobre senhora e era melhor assustá-los agora do que ter de ficar vigiando todos os dias. Estava pensando em qual pergunta soaria mais assustadora, mas, quando chegou a meio metro deles, parecia que alguém já a fizera. Viraram-se para olhar para ele, ao mesmo tempo pálidos e extasiados, e disseram: "Você viu quando ela saiu da terra? Essa terra está diferente. Então é verdade. Será que os outros mortos também vão sair?".

"Dizem que a mulher reviveu, que saiu da tumba e foi se queixar com o marido por tê-la enterrado ainda viva", dizia uma senhora que passava, de braço dado com outra, pela frente da casa de Hilda, mantendo distância, enquanto Carmen, Clara e Nora acendiam as velas de um novo dia e retiravam a cera derretida da grama.

Naquela segunda-feira, Gabriela foi bem cedo com Amélia à casa de Hilda e, vendo como as pessoas que passavam não deixavam de olhar para a casa, algumas inclusive faziam o sinal da cruz, se enfureceu. "Dona Hilda pediu especialmente que vocês não ficassem falando ou fazendo coisas estranhas, e vocês vêm aqui outra vez acender velas? Ela não pediu isso ontem, depois do showzinho que fizeram? Não se dão conta de que pode ser perigoso para ela que as pessoas fiquem olhando? O que aconteceria se a polícia viesse e quisesse levá-la?" Amélia se assustou ao ouvir isso, foi correndo para a casa de Hilda e abriu a porta sem bater. Gabriela não teve tempo de ir atrás da menina porque Nora lhe respondeu perguntando sob que pretexto a polícia levaria Hilda, e disse isso com a tranquilidade de quem estivesse contestando uma multa de estacionamento. "Além disso," disse Carmen, "sabemos que isso é uma prova, se nós não a exaltarmos, então quem o fará?" Gabriela não conseguia acreditar nessa nova Carmen, entendia o choque, claro que entendia, ela mesma tinha chorado todos os dias desde que Hilda voltara, estava chorando escondido havia três dias porque não entendia como aquilo era possível e não sabia o que dizer a Amélia, que estava tão feliz e sem preocupação alguma. Hilda não poderia sair de casa, quanto tempo viveria assim, se escondendo, sem saber o que dizer ou fazer?

Na noite de sexta-feira, ninguém tinha conseguido dormir pensando nisso, com vontade de conhecer alguém experiente que pudesse lhes dar algum conselho. O mais lógico era se mudar, que toda a família se mudasse, os quatro, para outra cidade, para longe. Ninguém teria por que saber que existia um atestado de óbito e, se chegassem a encontrá-lo, seria mais fácil dizer que recebiam uma aposentadoria indevida do que confessar a história toda. Ela também estava preocupada com o assunto da saúde, mas não se animou a falar sobre isso. Como saber se estava bem? Estaria bem? Gabriela não conseguia deixar de pensar nessas coisas e tinha começado a roer as unhas, apesar do nojo que sentia ao ver outras pessoas fazendo isso. Queria gritar de alegria porque Hilda tinha voltado, a coisa mais parecida a uma mãe que ela jamais teve, e tinha tanto medo de fazê-lo. Se seu afeto se media pela vida, a vida anterior de Hilda, a ponto de sentir que seu nome no aviso fúnebre era uma intromissão e de apagá-lo antes de deixar a nota no jornal, se cada abraço ficava apenas no impulso porque não sabia até quando nem como demonstrá-lo, porque para esse amor ela também não tinha antecedentes, ninguém que antes a tivesse ensinado, o que faria agora? Agora que Amélia estava mais agarrada do que antes às pernas de Hilda, inseparável, não mais como uma sombra, mas como se fosse o mesmo calor que seu próprio corpo desprendia.

E o que era aquele calor? Sobre isso também não tinham falado, nem sobre a conveniência de chamar um médico para examinar Hilda, checar seus sinais vitais, seus pulmões, saber se não havia terra em algum lugar do corpo, saber se tudo estava funcionando como antes. Nem sequer tinham pensado em como foi que tudo voltou a funcionar, isso não era o mais importante agora. O importante era saber se estava bem, como se mudar sem levantar suspeitas. Era a única coisa que tinham de solucionar, e depois o tempo diria. Mas o tempo trouxe o sábado, e o sábado trouxe as mulheres das Devotas. E agora, outra vez, elas, sem Susana, que ninguém vira desde então, mas com Nora completando o trio, como se a única maneira de se movimentar fosse a três, fundando uma religião no jardim dianteiro, e Amélia chorando dentro de casa porque não queria que a polícia levasse mamãe Hilda e talvez fosse melhor que nesse dia ficasse para dormir, para ter certeza de que ninguém viria, de que ninguém a levaria.

Hilda também sentia aquele calor estranho saindo da pele, um fogo que crepitava furiosamente a cada badalada e que se erguia firme e turbulento a cada novo abraço de Amélia. Também sentia como, pouco a pouco, ia enfraquecendo lentamente.

Carmen, Nora e Clara logo entenderam que sua fé não era posta à prova somente por Hilda, mas também por Gabriela, que arrancava todas as velas do jardim e as jogava dentro de uma caixa e agora as espantava dizendo "Xô, xô", como se fossem cachorros. Era certo que Hilda pedira que guardassem segredo. Sabiam que Susana não havia falado nada, pois desde aquele dia não saíra de casa. Ligaram para ela, mas os filhos não quiseram passar-lhe o telefone, não tinham como saber se era porque Susana não queria falar com elas, se era porque ainda estava muito abalada ou porque seus filhos sempre foram detestáveis. Carmen tampouco falou sobre isso em casa, estava extasiada com a revelação e, embora percebessem que ela andava meio estranha, preferiam não saber por quê. Clara morava com a mãe e só contou a ela, uma senhora muito velha, prostrada na cama. Delas é que não saíra nada. Olharam para Nora. Nora disse que as testemunhas têm o dever de falar, não só a possibilidade. Estavam a ponto de começar a reclamar dela, mas também era certo que ficar paradas ali, acendendo velas, não era a coisa mais discreta do mundo, tinham de fazer algo, mas o quê? Hilda resistia à oferenda e elas eram testemunhas de um milagre, sem poder falar sobre ele, talvez fosse o momento de perguntar a padre Nestor e pedir que ele as guiasse, agora que parecia tão efusivo, tão certeiro. Alguém espiava aquele debate acalorado através do papel que tapava o buraco da janela, dois olhos em meio à escura paisagem floral. "Foram embora", disse Gabriela, suspirando aliviada, vendo como Amélia era um carrapato preso a Hilda e pensando em como gostaria de fazer o mesmo.

"É verdade isso que vocês estão me contando?" Padre Nestor refletira muito sobre seu sermão de sábado. Teve o domingo todo sem missa para pensar no assunto, trancado na igreja, sentindo-se vigiado.

Quando as Devotas chegaram, quase tiveram de se espremer no diminuto espaço que ele havia deixado aberto na porta. Ali dentro não havia nada que os gafanhotos pudessem comer, salvo os arranjos florais e as roupas da Virgem, se é que comiam isso, e o que menos precisavam naquele momento era de uma virgem nua. Assim, só restava ele mesmo.

Tinha dito na frente de todos que Deus não era perfeito, e depois chegaram os gafanhotos. Agora as mulheres vinham lhe contar que Hilda estava viva, não, não estava viva, res-sus-ci-tou.

A vantagem de padre Nestor durante toda a vida era uma só: um rosto incapaz de refletir emoção, por isso seu discurso exaltado de sábado tinha chamado tanto a atenção, por isso agora podia simular uma escuta atenta quando, por dentro, o pânico lhe dava pequenas chicotadas. As Devotas não inventariam algo assim. Ou aquilo era verdade ou a cidade inteira estava sendo vítima de uma psicose coletiva.

Pediu que repetissem a história uma vez mais. Era a terceira vez que Carmen e Clara a contavam, mas a cada vez apareciam detalhes novos, como o sonho da noite anterior, a sensação que tiveram ao ver a casa fechada, o que pensaram quando não abriram a porta para elas, a história da velha prima de Clara, que não atendia o telefone nem abria a porta e, quando entraram por uma janela para ver se ela estava em perigo, ali estava ela, vestindo e desvestindo as bonecas de sua coleção, na escuridão de um quarto abarrotado, falando com elas com uma voz aguda muito diferente da sua voz normal, e o tanto que se assustaram ao vê-la assim, que nunca mais ninguém quis visitá-la.

Nestor olhou para Nora, que não olhava para ele, só olhava para Carmen e Clara concordando, inclusive quando as duas se contradiziam. Nora concordava sem falar e uma veia começava a se destacar em sua testa, parecia ter dez anos mais do que na semana anterior. "E você, Nora? Viu Hilda?" Nora sentiu um frio percorrer seu corpo, todos os olhos sobre ela, os do padre, os de Carmen, de Clara, de Hilda, os da Virgem, os dos gafanhotos, os da mulher que colecionava bonecas, os olhos das bonecas. E chorou.

Naquele pequeno quarto em que tinha visto Hilda pela primeira vez, Nora confessou seu pecado, que não era só seu, o amor inevitável que havia nascido entre padre Roberto e ela, o desejo que se fazia carne e se fazia mãos, a pergunta pela vontade de Deus, a pergunta pela capacidade de Deus, por que sentir se não é correto, por que vibrar se não é decente. Nora chorava e se defendia, Nora confessava e se justificava, Nora gaguejava e engolia o próprio ranho enquanto dizia que estava muito preocupada por não saber onde Roberto estava, como estava, "Roberto não é má pessoa, eu também não, mas ele ainda menos, Roberto merece amor e tivemos tanto medo, mas ele saiu correndo e nunca vou perdoá-lo por isso, porque Hilda é Hilda, mas naquele momento não sabíamos de nada, Hilda poderia ter me matado, Hilda poderia ter feito qualquer coisa, ainda não sabemos o que quer fazer, o que pode fazer, e ele me deixou só, e isso sim nunca vou perdoar". O choro tornou-se incontrolável e ela cobriu o rosto com os braços.

Padre Nestor deixou-se cair de costas contra o espaldar da poltrona, olhando para o nada. E, enquanto Clara tratava de consolar Nora, tentando desgrudar-lhe os braços do rosto, sem resultado, Carmen, com a boca aberta, chocada, parecia ter recebido de volta sua cara anterior, como se por obra e graça daquele imenso, terrível e inesperado boato, a Carmen de sempre tivesse voltado, de uma hora para a outra, e o milagre evidente da ressurreição de Hilda tivesse acontecido somente para que agora, decidida e a toda velocidade, ela pudesse sair quase correndo para casa para contar tudo aquilo pessoalmente.

Hilda. Hilda e sua pele fina, com poucas rugas para a sua idade e ainda menos para a sua morte. Hilda, a dos olhos cor de caramelo, pequenos. Hilda, a que não teve filhos e é avó. Hilda, a companheira de Álvaro, a mulher Devota. Olha-se no espelho num raro momento de solidão desde que voltou à vida, põe a mão sobre o peito, que sobe e desce, afasta a mão alguns centímetros e sente o calor ir e vir desde o peito até a palma da mão. Hilda passa os dedos magros pelo cabelo ondulado e fininho, sorri com um pouco de pena ao pensar no quanto vai ser difícil manter esta vida em segredo, quando a vida de antes nunca teve algo especial, uma vida mediana e uma morte mediana, interrompida pelo milagre. Seria este o milagre concedido, quando há tempos ela rezava por outro? Teriam misturado os documentos, os expedientes, as datas? Ansiar por uma vida, pela vida, seria uma mensagem confusa? Hilda. Hilda e suas unhas grossas que lhe permitiram golpear e sair. Hilda e seus braços resistentes que lhe permitiram pendurar-se na corda do sino e abraçar Amélia outra vez. Hilda sorri para si mesma, agora sem pena. Hilda, a que recebeu o milagre, já não importa quando. Hilda, a que conseguiu voltar, sente o calor que rugia como uma brasa em seu peito enfraquecer repentinamente, apaga seu sorriso, cai no chão, morre.

Susana não conseguia parar de chorar desde sábado. Ficou sabendo da missa e dos gafanhotos porque seu marido, preocupado, contou-lhe tudo atrás da porta do quarto que ela escolheu como escudo diante do mundo. Não era o mundo o que a perturbava, mas o simulacro valia a pena.

O marido pensou que aquele episódio estranho faria com que ela se interessasse, abrisse a porta, secasse as lágrimas. Luís sabia que Susana gostava de mistérios, tinha visto a pilha de livros de suspense que ela escondia em sua parte do armário, nas caixas de azeite da prateleira de baixo na despensa, nos cestos de roupa para doação. Sabia daquele amor secreto, mas achava que parte do prazer, talvez, fosse o silêncio, a ficção de uma vida oculta, então jamais falou sobre isso com ela, nunca tinha sido assunto da conversa entre eles.

Há tempos, quando viajou para a capital a trabalho, Luís visitou várias livrarias e numa delas achou uma coleção de dez livros de suspense importados. O vendedor lhe garantiu que não havia outro lugar em todo o país onde vendessem aqueles livros. Comprou os dez e, ao voltar, convenceu o livreiro local a participar de sua encenação. Susana não era avarenta, mas adorava pechinchar, um hábito que a afastava dos filhos, que morriam de vergonha. Ele entregou a coleção ao livreiro, com a condição de que a vendesse somente a Susana, incluindo a barganha. Os dois sairiam ganhando. Ele estava pagando pelo segredo.

Na semana em que descobriu os livros, Susana passou mais horas na igreja, ele notou, orgulhoso por não ter se enganado. Ela estava entusiasmada com aquele achado, mas se sentia só, ignorava a trama que sustentava sua descoberta, não tinha a quem contar sobre o que estava lendo, aquilo se transformara em algo imenso e calado em sua bolsa, em seu armário, na despensa, no cesto de roupa.

No domingo, não havia nada que ele pudesse contar para ela atrás da porta. Não houve missa por conta da praga de gafanhotos. Carmen, Clara e Nora foram procurá-la, mas ela não abriu a porta, ouviu o marido perguntar a elas se sabiam se tinha acontecido alguma coisa, algo que pudesse tê-la deixado assim, ouviu-as mentir, as palavras de Gabriela ainda ressoavam e decidiram agora, afinal, ser prudentes. "Não aconteceu nada, sabemos que se sentiu um pouquinho mal, nada mais, que melhore logo."

Na segunda de manhã, o marido ouviu o rádio e entendeu alguma coisa, sem saber muito bem o quê. Arrombou a porta do quarto e entrou para ver Susana sentada no chão, abraçada às pernas, sem mais lágrimas, com os olhos inchados. Ela olhou para ele e disse: "Hilda voltou, não entendo nada, mas voltou".

Ficaram horas assim, sentados no chão, abraçados, cicatrizando aquela solidão à qual Susana se aferrava com unhas e dentes. "Vamos ver sua amiga", disse ele, aplicando um unguento meio descuidado sobre todos aqueles anos sem palavras.

Como Susana poderia saber que o tempo era limitado e que não encontraria a amiga de novo para dar o abraço que lhe negou em sua perturbada emoção, que, a caminho de vê-la, de encontrar-se com ela e conversar, Hilda estaria se desvanecendo outra vez na escuridão do que não é mais, perdendo o calor do peito, abandonando a insistência do corpo. Como Carmen poderia saber que, depois do milagre da ressurreição, a morte viria de novo e levaria sua profeta e amiga, que, a caminho de lhe contar aquele incrível boato, sem a fervorosa devoção que antes a havia cegado, Hilda já não estaria lá para ouvi-la. Como Álvaro poderia saber que, desta vez, a morte seria para sempre, abraçando o corpo de Hilda no chão, esperando que ela abrisse os olhos mais uma vez, como já fizera antes.

Susana e Carmen se encontraram na frente da casa. E ainda que cada uma delas logo tenha se recriminado por não ter chegado antes, também quiseram demorar naquele caminho mínimo, os poucos metros que as separavam da calçada até saber que Hilda havia partido. Poucos metros nos separam de coisas inefáveis, de outra vida. Não se reverencia o que nos separa do que é bom, porque acreditamos que esse caminho é só nosso, mas os ruins, os metros ruins, os metros repletos de sofrimento, de dor, ficam marcados com traço indelével e sempre doem e continuam doendo. Cada vez que visitassem a casa de Álvaro, parariam no mesmo ponto no qual, ao chegar, seus olhares se cruzaram e elas se deram os braços até a entrada. Bateram à porta. Gabriela, desarmada, abriu, e elas souberam, sem que ninguém tivesse de dizer nada, sem nenhuma explicação, porque era a Gabriela de um ano atrás a que abria aquela porta, a que se via forçada a sustentar o próprio corpo, a que parecia ter ao mesmo tempo os sete anos de Amélia e os setenta e nove anos de Álvaro, mas não sua própria idade, apagar sua idade no espanto de perder outra vez uma mãe conquistada, porque, se há dor na perda do que nos é próprio, dói duas vezes mais perder aquilo que foi conquistado, o carinho conquistado, o abraço conquistado, a confiança conquistada.

Onde vai parar esse empenho quando é o outro que se desprende primeiro? Onde vai parar a coragem que faz com que alguém saia de si mesmo, forçando cada milímetro, para chegar até o outro que habita o mundo com desenvoltura? Para onde vão aqueles que ficam?

Nora, Clara e padre Nestor apressaram o passo atrás de Carmen. Chegaram à casa para se depararem com um sepulcro cheio, o mistério inverso, a pedra dentro de casa. A pedra do corpo de Hilda, lançada por um deus perverso de volta à vida e devolvida a qualquer que tenha sido o lugar onde descansou durante aquele intervalo, que agora começava outra vez.

Álvaro era um guarda protegendo um corpo que lhe pertencia, não a ele, mas a Hilda, e, na ausência de Hilda, na impossibilidade de seu despertar imediato, ele o protegeria e o guardaria como se guarda o luto e se guardam os dias e se guardam os alimentos diante da ameaça de uma catástrofe. Não cometeria duas vezes o mesmo erro, não cobriria de terra nenhum outro corpo, nunca. Se velar era permanecer acordado, podia desde já se despedir de seu sono, viver na vigília para sempre, até que Hilda decidisse voltar, até que o deus esquecesse novamente a ordem de suas tarefas e esse descuido trouxesse de volta seu corpo sem calor, seus olhos pequenos que já não o viam.

Às vezes os corpos parecem saber o que fazer muito antes de seus donos. Enquanto Gabriela se aconchegava num canto do sofá, Susana, sem deixar de chorar nem por um momento, enchia a chaleira de água até a borda, seu marido procurava os fósforos, Carmen batia o café em cada xícara que Nora lhe alcançava, Clara rezava baixinho e Amélia gritava, gritava sem parar. Não era um grito de surpresa ou de medo, era um gemido doloroso que preenchia toda a casa.

Padre Nestor avançou pelo corredor até o umbral da porta do quarto, seu corpo era o de uma pessoa de fé cheia de dúvidas, não havia contradição nisso, mas impotência. Viu Hilda como a tinha visto um tempo atrás, ausente do corpo e com o semblante calmo, como se tivesse realizado duas vezes uma tarefa que, a princípio, não lhe dizia respeito.

A Piedade era aquilo, aquele homem da bicicleta, à luz do entardecer, tocando um lado de seu rosto, a manga curta da camisa branca e puída, o braço de Hilda que escapava até o chão. Pensou em todas as vezes que lhe pareceu difícil conter os familiares de um morto, como ficava tenso antes de chegar a um velório, antes de rezar num cemitério, pensou naquilo como quem pensa em dias felizes, sem problemas, que preocupações leves eram aquelas, para as quais havia de fato um manual, mesmo que seu uso fosse embaraçoso.

A fuga de padre Roberto era algo inédito para ele, os gafanhotos cobrindo as paredes da igreja eram algo inédito para ele, consolar o viúvo de uma ressuscitada era algo inédito para ele. E encontrou, naquelas coisas inaugurais, um alívio que não sentia havia muito tempo. Onde antes havia tensão, agora havia algo real, palpitante; a experiência de que falava na missa, aquelas palavras repetidas, tudo agora era irrelevante. Isso, isso diante de seus olhos era um manancial, e deus estava ali, só que disforme e assustador, pungente e brincalhão, talvez por isso mesmo mais presente e real do que antes, esgueirando-se naquele quarto que começava a escurecer, olhando com desdém e olhos brilhantes, preparado para pular com as patas traseiras de gafanhoto, para usar seu poder sem lógica em outros infelizes.

"A menina não para de gritar", disse o marido de Susana, chegando perto dela devagar. Esmagada pela tristeza e por não entender muito bem, afinal de contas, como a morte funcionava, Amélia aplacou a estridência de sua emoção assim que Luís se agachou, com toda a sua alteridade e altura, e ficou de cócoras diante dela, olhos nos olhos: "Amanhã sua garganta vai doer se você continuar gritando assim, menina. Você sabe como se faz para gritar bem forte sem que a garganta doa?". Amélia, soluçando, negou com a cabeça, e Luís começou a remexer na pequena mochila de arco-íris. Tirou dali o caderno de avisos e um marcador vermelho e se sentou ao seu lado, encostado na parede em que ela se apoiava, ainda de pé. "O que você gostaria de gritar?" "Mamãe Hilda", disse ela, abrindo de novo a torneira do choro. Luís, então, com ímpeto exagerado, escreveu MAMÃE HILDA!!!!! em letras maiúsculas, logo abaixo do aviso para pagar a mensalidade da cooperativa daquele mês. O horror de Amélia diante da morte se transformou por um momento no pequeno horror cotidiano e terreno de constatar como alguém que ela mal conhecia, com toda a ilicitude do mundo, anotava coisas que não tinha de anotar num lugar quase sagrado. Não satisfeito, Luís pegou a borda daquela folha e a rasgou duas vezes, com brutalidade e rapidez, só precisou rasgar mais um pouquinho para que aquele pedaço de papel ficasse dançando entre seus dedos, gritando diante da boca aberta e muda de Amélia, que, com o rosto molhado de tanto chorar, aproximou-se o quanto pôde do ouvido de Luís e lhe falou em voz baixa: "É proibido usar esse caderno", com medo da vergonha repentina que aquele homem adulto sentiria se alguém mais ficasse sabendo que ele não conhecia os usos, costumes e leis inflexíveis da Escola Primária 22. "É que quando você usa esses lugares proibidos, o grito sai mais forte", disse ele, sorrindo e devolvendo a ela o caderno e o marcador.

Álvaro não queria largar Hilda.

Todos tinham entrado no quarto, cada um deles, menos Amélia, para vê-la, para tocar nela, para corroborar o novo martírio, a pulsação ausente.

Primeiro foi padre Nestor. Sentou-se no chão diante de Álvaro, que estava apoiado no pé da cama sem soltar Hilda. "Como você está, Álvaro?" "Não sei", respondeu. "Posso?", disse o padre, fazendo um gesto com as mãos, pedindo permissão para tocar em Hilda. Álvaro assentiu. O padre, muito lentamente, iniciou uma exploração ditada apenas pela intuição: pegou a mão direita de Hilda, caída sobre o chão, sentiu o frio de sua pele clara, a dureza dos ossos que tinham costurado e remendado suas estolas, pôs aquela mão sobre a sua, com a palma virada para o teto, e ali passou suavemente três dedos, até o punho: nada, não havia nada, nem pulso, nem estigma, nem uma pulsação em código que lhes dissesse o que fazer. Álvaro olhava com angústia, atento. "Perdão por não avisar antes", falou, com a secreta esperança de que aquele pedido de desculpas desbloqueasse um sentido divino no tato do padre e essa redenção despertasse algum resto de vitalidade. "Não se preocupe, Álvaro", disse padre Nestor, girando a mão de Hilda e deixando-a descansar delicadamente sobre o abdômen imóvel. Pegou a outra mão e repetiu o exercício, como um pai que conta os dedos das mãos do filho recém-nascido, o gesto, suave, até mesmo carinhoso, não sabia o que procurava, mas tinha todo o jeito de uma saudação, de um reconhecimento.

Levantou os olhos em direção a Álvaro: "Posso lhe dar a extrema-unção, se você quiser". "Não, padre, obrigado. Vou esperar." Padre Nestor o olhou, entendeu que não havia mais nada que pudesse lhe dizer, nenhuma forma de consolo, e perguntou o que podia fazer por ele. "Avise ao Genaro."

Caiu uma gota, depois duas, até que tudo se transformou numa tempestade que parecia um dilúvio, uma mistura de tempos evangélicos que ameaçava superar aquele apocalipse com as ataduras de um antigo testamento. No profético e no misterioso também existem ciclos. A ordem que rege o Universo e suas formas faz uma pausa a cada chegada da morte, a cada gafanhoto e a cada vidro que estoura. Dentro delas, a explicação que ninguém entende.

Em pouco tempo, a casa encharcada no quarteirão encharcado no bairro encharcado parecia úmida desde a origem do mundo. A água brilhava sobre os tetos das casas e sobre os gramados, espantava por fim os gafanhotos, chorava o que alguns não conseguiam. Choveu a noite inteira sobre a cidade, sobre a casa de Hilda, que já não estava, sobre a casa onde todos esperavam.

Tinha ficado apenas quatro dias com eles. Era um número absurdo, um número par. Quem ressuscitava para ficar vivo apenas e exatamente quatro dias? Tinham de esperar por aquele outro milagre que era a continuidade, a vida que se mantinha. A espera suspende brevemente a tristeza, é a vara que separa o corpo de um cão raivoso. Toda a extensão da vara, sua firmeza, é a esperança, mesmo que saibamos de sua pouca flexibilidade, de sua nula empatia: a vara não trabalhará mais por nós, não será mais vara para evitar a dor da mordida; mesmo que saibamos da vida que pulsa nos músculos do cão, que pode pular em cima de nós a qualquer momento, usando as estratégias que lhe são permitidas por sua natureza de bicho vivo e, por isso, imprevisível.

Genaro chegou naquela madrugada chuvosa, inquieto, descuidado como nunca o tinham visto, sentindo pela primeira vez a tristeza que não se permitira antes. Quando Nora lhe contou que Hilda tinha voltado, decidiu suspender todo tipo de emoção e também de dúvida, foi ver, preparado, como quem estivesse sempre esperando. Vê-la de novo, poder falar com ela, esse era o milagre. Não importava como, o que havia acontecido, nem quem ele era, se teria de ser um fiel, uma testemunha. Não poderia ser quem gostaria de ser, nem antes nem agora, isso ele já sabia, mas com sua presença tentava se desculpar perante Álvaro, isso era verdade, dar testemunho, ao longo dos anos, daquela adoração. Por isso correu quando padre Nestor o chamou, sem querer acreditar que Hilda havia partido outra vez. Agora trazia com ele o médico pelo qual Gabriela esperara antes, um médico de confiança, discreto. Convenceram Álvaro a deitar Hilda na cama e separá-la de seu abraço. Genaro só foi vê-la depois que o médico foi embora. Não havia nada a fazer, a senhora tinha falecido. "Mas pode voltar outra vez?", perguntou Susana. O médico não entendeu a pergunta, ficou olhando para ela presumindo que estivesse sob uma emoção muito forte, um compreensível estado de choque. Genaro mudou a expressão do rosto. Não falara com o médico sobre a história clínica de Hilda, não considerou pertinente. "Voltar como?", perguntou o médico. "Voltar a viver", disse Susana. Uma resposta íntegra, sem sombra de dúvida. O médico parecia estar ouvindo outra língua. "A senhora faleceu, é preciso avisar a polícia e preparar o velório, posso fazer o atestado de óbito." "Já temos um", disse Álvaro.

Quando o rumor da ressurreição de Hilda completou a primeira rodada por toda a cidade e voltou aos primeiros ouvidos vindo de uma voz distinta, atravessando a espessura do feriado e da chuva, Hilda já estava morta. A primeira comitiva que chegou à casa para perguntar descaradamente, como logo diria Carmen, acabou topando com um velório. Que embaraçoso aquilo tudo. Claro que tinha morrido, por isso havia um velório. Mas já não tinha morrido antes? Isso era o que diziam, afinal de contas. Mas antes quando? Rezemos um pouco e vamos embora.

Álvaro não queria saber de velório, não permitiria, Hilda voltaria a qualquer momento e como ele lhe explicaria isso? Todos os outros, aquelas pessoas que nunca haviam saído de sua casa – padre Nestor, Nora, as amigas de Hilda, Gabriela, o marido da amiga de Hilda, Genaro – concordavam que, de qualquer maneira, o melhor seria fazer um velório para apaziguar as pessoas que começavam a rondar o quarteirão. Conseguiram convencê-lo ao dizer que, enquanto isso, estavam esperando que Hilda acordasse, embora diante dos demais tivessem de disfarçar a espera. Se perguntassem pela lápide, diriam que fora colocada antes por equívoco. Somente o pessoal do cemitério poderia reclamar, delatá-los, mas aí teriam de explicar como foi que Hilda saíra dali.

Fingir que não se espera num velório, receber os pêsames de novo, mas desta vez com uma tristeza envergonhada, impura, ridícula, mexendo a vara para acertar no cão antes da mordida.

Me desculpe, mas a dona Hilda morreu já faz um tempo, não agora, você não se lembra? Fomos ao enterro. Como as pessoas podem pensar que ela morreu só agora? Vamos ao cemitério agora e olhe a lápide. Quantas vezes você pensa que ela vai morrer? Agora andam dizendo que a senhora reviveu e saiu da terra, saiu ou a tiraram de lá?, que anda dando voltas pela cidade, que foi ela quem trouxe os gafanhotos, vamos até a casa dela para ver, dizem que ela está lá com sua seita, que até padre Nestor está se convertendo porque ela tem poderes. Mas em sua casa a senhora que tinha estado morta ainda está morta. Eu não a vi viva. Nunca? Bem, sim, antes, mas não a vi viva de volta, é mentira que reviveu. A vizinha disse que foi ao velório. A qual velório? Ao de agora, que ali estava ela, que não estava desfigurada, parecia morta, mas morta há pouco.

E ali estava a lápide, e a terra toda lisa, e um grupo de meninos se aproximando a cada tanto, e o guarda os expulsando e empalidecendo quando lhe perguntaram se alguém da família tinha ido retirar o corpo, porque essa era a única explicação.

Foi também de quatro dias com suas quatro noites o tempo que durou esse velório de Hilda, antes que os vizinhos começassem a se queixar do risco sanitário, do cheiro das velas misturado ao de outras coisas que eles preferiam nem saber o que era.

As amigas não saíram do lado de Hilda. Susana, Carmen e Clara de mãos dadas. Nenhuma falou, mas todas achavam que Hilda não acordaria, isso era quase certo, como se sabe das coisas que a gente simplesmente sabe. E elas sabiam. Mas, se um arzinho entrando pela janela levantasse um pouco a gola do vestido de Hilda, as três abriam mais os olhos, levantavam a cabeça, paravam de respirar por um instante, oscilavam à beira de um novo precipício, metros e metros de pura esperança onde cair. De vez em quando se levantavam, iam fazer um chá, fingiam participar de uma conversa enquanto escutavam o que se dizia no quarto, prontas para entrar correndo para dizer: "Oi, Hilda!".

No segundo dia, a prefeitura mandou alguns funcionários com a ordem de "suspender com tudo", uma frase não muito feliz que eles mesmos não souberam como aplicar quando chegaram e depararam com a seguinte cena: uma mulher morta sobre uma cama, um velório no qual as pessoas pareciam tristes, sim, mas conformadas. Para que tanto?, perguntavam-se, dissimuladamente. No final das contas, apenas avisaram que não era permitido estender os velórios em casas particulares por tanto tempo. Genaro, de banho tomado e recomposto, um advogado de corpo e alma, pediu que voltassem com a notificação pertinente e uma cópia do artigo exato da portaria municipal. Com isso ganharam um dia a mais, dia no qual o Conselho se reuniu para redigir o novo artigo da portaria municipal, pelo qual, aos onze dias do mês de dezembro, decidiam, em reunião extraordinária, limitar a duração dos velórios em residências particulares ao máximo de dois dias. Com o documento em mãos, foi a vez de padre Nestor conseguir um dia a mais, apelando para a misericórdia infinita do Cristo do Descanso, assim falou, profundamente comovido, embora atrás dele Gabriela e Nora se entreolhassem, tão confusas quanto os funcionários municipais, que já iam embora sem saber nada sobre aquele Cristo.

Álvaro persistia, nem ele conseguia explicar como. Chegava perto de Hilda, punha a mão sobre as mãos dela, afastava uma mecha de cabelo para trás da orelha. Não falava. Não sabia como fazê-lo. Só conseguia abraçar Amélia quando passava pela cozinha, agachava-se até chegar à sua altura, olhavam-se os dois em seus olhos vidrados, não diziam nada, abraçavam-se de novo.

No quarto dia, os funcionários municipais, decididos, informaram que o prazo estava encerrado, que se não enterrassem o corpo hoje mesmo não apenas multariam o proprietário como também haveria risco de prisão. Álvaro não tinha medo da prisão, não ia enterrar Hilda outra vez.

E foi assim que decidiram levá-la para uma pequena propriedade que Genaro tinha nos arredores da cidade, um lugar com dois cômodos e um terreno imenso, na parte alta das serras.

Trocaram a roupa de Hilda todos os dias, o corpo começava a exalar certo perfume e Gabriela não queria que ela o sentisse ao acordar, caso acordasse. Gabriela queria que esse momento, se chegasse a acontecer, fosse tranquilo, que a volta ao corpo, se voltasse, fosse confortável. A cada dia, acompanhada de Carmen e Clara, tirava o vestido de Hilda, deixava-a com a roupa de baixo, com o ventilador de teto ligado, e, enquanto Clara levava o vestido anterior para lavar e Carmen procurava um novo, Gabriela primeiro lhe passava um pano úmido com água e sabão, depois apenas com água, e depois com água misturada a uma colônia de flor de laranjeira. Passava o pano lentamente, em completo silêncio, olhando cada centímetro da pele de Hilda, esperando que naqueles olhos surgisse um movimento, um despertar. Carmen demorava de propósito a escolher um vestido porque sabia que atrás dela Gabriela suplicava da única maneira que podia. Susana, fora do quarto, de pé, abraçada ao marco da porta, as via repetir esse ritual, sem saber como se aproximar, fechando os olhos de vez em quando, com a esperança de que, ao abri-los, nada daquilo estivesse acontecendo. Cada vez que Clara saía com um dos vestidos para lavar, chegava perto dela e segurava-lhe o braço com força, Susana imitava o gesto de carinho, segurava o braço de Clara e aproveitava para tocar no vestido de Hilda, despedir-se como podia, como pode fazer alguém que não quer deixar o outro partir.

No dia em que a levaram para o terreno de Genaro, Hilda estava com um vestido com pequenas flores cor de laranja e folhas verdes e amarelas. Chegaram ao entardecer, estavam todos muito cansados, era a primeira vez que saíam da casa, a primeira vez de Hilda também. Levaram comida, velas, algumas mudas de roupa para Hilda, lençóis para trocar a roupa de cama, caso alguém quisesse ficar para dormir.

Essa foi a tarde em que se despediram dela, ninguém o disse em voz alta, não houve rezas nem canções nem discursos, talvez tenha sido apenas isto: Gabriela chegando perto para beijar a testa de Hilda e caindo no choro que segurara até ali, abraçando aquele corpo que gostaria de abraçar mais, Amélia correndo para abraçar a mãe e também agarrando com a mãozinha a mão de Hilda, uma mão fria em que ela já não estava.

As tardes no campo de Genaro eram de um rosa ridículo, quase artificial, o chiclete de Amélia mastigado ruidosamente, um algodão-doce esfiapando-se no céu. Álvaro e Genaro olhavam para cima sem muito esforço, estavam quase ali, a uma altura de distância do resto, naquele ponto da serra em que o mapa ondulava e a cidade parecia um interior tomado de empréstimo a outra província.

Não se passou muito tempo entre a chegada de Hilda e sua lenta e irremediável deterioração. A palidez azulada de suas faces começava a mudar para tons verdes e amarelos, o volume, de algum modo, parecia diminuir, descer do espaço em que estava, buscar outra profundidade. Os dois observavam tudo isso em silêncio.

Quando ficaram a sós, naquela primeira noite, Álvaro disse a Genaro que esperaria acordado, que ele fosse descansar, e obrigado por isso, e obrigado por tudo. Esse "por tudo" era sincero, um carinho estranho, o perdão que chegava muito tempo depois, atrelado a sabe-se lá quantas coisas, desaparecidas também na paisagem daquele céu.

Genaro imaginara Hilda naquele campo de um modo diferente. No dia do café, quando Hilda se dirigiu a ele diretamente, como uma flecha, Genaro imaginou a possibilidade; ao meio-dia, em seu escritório, Genaro sentiu-a palpitar até a loucura; naquela tarde na casa de Hilda,

Genaro já via seu terreno cheio de crianças correndo, Hilda feliz, ele feliz. Álvaro não aparecia nessas imagens, mas, anos depois, agora, olhando para ele, sabia que sua falta não significava ausência, talvez exatamente o contrário.

Hilda chegara a ele por meio de Álvaro, como agora. Não sentia um pingo de vergonha, não tinha por quê, também não sentia inveja, talvez o desejo fosse apenas isso, o puro anseio pelo que não possuía, a persistência daquilo que teria sido. Agora, Álvaro ao seu lado, essa tristeza repetida, essa experiência incerta, absurda. Sentia mais tristeza por Álvaro do que qualquer outra coisa. Teria preferido que ele nunca os tivesse encontrado, teria preferido ver seu filho nos braços de Álvaro, segurando a mão de Hilda.

O chiclete começava a perder seu sabor à noite.

Não se passaram muitos dias, teriam sido uns três ou cinco. Carmen, Susana e Clara falaram com padre Nestor e padre Nestor concordou. Genaro não dissera nada por uma questão de respeito, mas Hilda não ia voltar, estava partindo naquele corpo, e Álvaro sempre na vigília.

E se, antes, Hilda tivesse se recuperado por causa das condições do enterro? E se o problema fosse aquele ar imenso roçando sua pele?

Ficava cada dia mais difícil disfarçar a mudança, fazer de conta que nada estava acontecendo, evitar aquele cheiro diferente. Para piorar as coisas, começava a circular um outro rumor, o da peregrinação do corpo, o de que o estavam escondendo, e desse rumor ficou flutuante a palavra "corpo", que se transformou no corpo de crianças e a peregrinação se transformou em roubos e a vigília em seita. Uma só palavra bastaria para transformar tudo num desfile delirante.

"É preciso pensar em levá-la de novo, Álvaro, de repente a terra do cemitério…" Ofereceram-lhe uma esperança e ele a aceitou.

Padre Nestor se encarregou de falar com Martín, o guarda do cemitério, tocando a borda de sua estola púrpura recém-costurada, inventou um sacramento com partes daqui e de acolá, perante um olhar totalmente incrédulo.

Mencionou também algo sobre ser testemunha de um ato de Deus, sobre o silêncio dos justos. Quando terminou de falar, o guarda disse apenas: "Se eu te deixar fazer isso, a coisa acaba aqui?". "Sim", disse o padre.

Não escolheram um caixão elegante ou sólido, precisavam que a madeira resistisse à terra, mas que pudesse se quebrar ante o menor esforço. Precisavam continuar a pensar que era possível. De cada canto do caixão erguia-se um pequeno tubo de metal de quase um metro, essa foi a condição imposta por Álvaro, que ela tivesse como respirar se voltasse, "que saiba que não a deixamos só, que aqui fora a esperamos". O pessoal do cemitério não se opôs porque padre Nestor disse que a religião de Hilda assim o exigia. "Mas a senhora não era católica?", perguntaram. "Sim, mas de outros ritos", disse o padre.

Como desta vez não cavaram tão fundo, os tubos ficaram uns quinze centímetros acima da terra. Esqueceram da possibilidade das chuvas e então montaram guarda depois de colocar a terra, até que chegou o serralheiro para soldar uma espécie de guarda-chuva em cada extremo, parecido com os exaustores de cozinha. "O rito", disse padre Nestor, quando o serralheiro o olhou desconfiado.

Sempre que saía, o sol quicava na tumba dos quatro pequenos tetos.

No começo, iam sempre fazer a vigília, com a desculpa da novena, para não levantar suspeitas. Depois foram se revezando. Depois chegou o ritmo de ir de vez em quando, depois o de ir muito de vez em quando. Álvaro ia todos os finais de semana. Amélia, sem que ninguém soubesse, ia todos os dias. Erá a menina da tumba dos pequenos tetos e depois foi a garota que escrevia na tumba dos pequenos tetos. A neta de Hilda.

Quando o cemitério decidiu remover os pequenos tetos e exumar os restos mortais, depois de anos e anos sem pagamento e sem visita de familiares, os guardas se olharam com medo. Tinham ouvido muitas histórias sobre a senhora daquela tumba. Não demoraram muito a chegar ao caixão barato, a abrir e encontrar restos de ossos e um montão de papeizinhos escritos com tinta vermelha, que alguém devia ter jogado por aqueles tubos oxidados.

*não vo ir nunca mais ao colejo vovó me disero coisas feias e perdi di nofo a borracha mamãe me disse que não me compra mais borrachas*

*não vou com a cara da Lucia ela tem vó mas é velha*

*mamãe me xingou porque a professora me deu um 5*

*QUE SAUDADE MAMÃE HILDA PODE VOLTÁ*

*a tia carmen me deu uma barbi de aniversário foi ontem. fiz um pedido mas não posso dizer o que é porque senão você não vai voltar*

*terminei o fundamental mami Hilda, até que não fui mal. Saudade.*

*mamãe está cansada do trabalho e diz que seria melhor a gente mudar, eu não quero, quero morar sempre em nosso quarteirão.*

*o vovô tá doente de novo, tô com medo, onde você tá?*

*mamãe Hilda, agora que vocês estão juntos, vão voltar os dois? Não deixaram a gente botar um tubinho no caixão do vovô. Fico muito triste de não poder escrever pra ele.*

*Agora eu uso a bicicleta do vovô. Vim todos os dias me deitar em cima da sua tumba pra escutar. O guarda novo me xingou e disse que eu sou estranha. Me dá vontade de vir à noite e dar um susto nele.*

*Mamãe diz que não gosta de vir aqui, mas eu sei que ela vem o tempo todo, não sou idiota. Não fique com raiva por eu dizer "idiota", o que você vai fazer?, sair pra me xingar?*

*Mamãe quer se mudar. Diz que aqui já não tem ninguém e que de repente noutro lugar posso fazer mais amigos. Brigamos de novo. Acho que está com medo por causa do que aconteceu, que eu me descontrole e me tratem como louca de novo. Isso não me incomoda. Outro dia uns meninos gritaram pra mim "aí vem a louca da bicicleta". Dei a volta rápido e ameacei perseguir eles, que saíram correndo. Sempre saem correndo.*

*Gosto de vir aqui, ficar sozinha, escrever pra você. Fico olhando direto pro tubinho, esperando que saia outro papel lá de dentro.*

*Eu sempre vou te amar.*